周蓓 主編

專題史叢書

周作人 著

河南人民出版社

歐洲文學史

本書系作者在北京大學教授歐洲文學史課程的講義，敘述上起古希臘下至十八世紀的歐洲文學發展史，是作者與兄魯迅合譯《域外小說集》後『求新聲于异邦』的重要成果，也是中國第一部較爲系統的歐洲文學史

圖書在版編目（CIP）數據

歐洲文學史 / 周作人著．—鄭州：河南人民出版社，2016．10（2017．7 重印）
（專題史叢書 / 周蓓主編）
ISBN 978－7－215－10483－9

Ⅰ．①歐… Ⅱ．①周… Ⅲ．①歐洲文學－文學史 Ⅳ．①I500．9

中國版本圖書館 CIP 數據核字（2016）第 256673 號

河南人民出版社出版發行
（地址：鄭州市經五路 66 號　郵政編碼：450002　電話：65788063）
新華書店經銷　　河南新華印刷集團有限公司印刷
開本 710 毫米×1000 毫米　1/16　印張 14
字數 120 千字
2016 年 10 月第 1 版　　2017 年 7 月第 2 次印刷

定價：91．00 圓

出版前言

中國現代學術體系是在晚清西學東漸的大潮中逐步形成的。至民國初建，中央政治權威進一步分散和削弱，加之新文化運動帶給國人思想上的空前解放，新學的啓蒙，新知識分子的産生，民國學術如草長鶯飛，進入一個自由而蓬勃的時代。中國傳統學科乃中國學術之根基與菁華所在，民國學人采用“取今復古，别立新宗”之方法，引入西方的學術觀念，積極改造，使史學、文學等學科向現代學術方向轉型。此外，大力推介西方社會科學的新學科和自然科學，在學習、借鑒乃至移植西方現代學術話語和研究範式的過程中，逐漸建立中國現代學科，使中國的學科門類迅速擴展。一時間，新舊更迭，中西交流，百花齊放，萬壑争流，開創了中國現代學術的源頭。

伴隨知識轉型和研究範式轉换而來的，還有學術著作撰寫方式的創新。中國古代的著作向來以單篇流傳，經後人整理匯編後，方以成册成集的面目出現并持續傳播。直到十九世紀末，東西方的歷史編撰體裁不外乎多卷本的編年體、紀傳體和紀事本末體等，章節體的出現標志着近代西方學術規範的産生和新史學的興起。章節體具有依時間順序，按章節編排；因事立題，分篇綜論；既分門别類，又綜合通貫的特點。以章、節搭建起論述之框架，結構分明，邏輯清晰，較傳統的撰寫體裁容量大、系統性强。它的傳入，使中國現代學術體系從内容到形式被納入了全球化的軌道。民國時期專題史的研究、譯介、編纂、出版恰恰是在這樣的背景下欣欣而發，是學術的實驗場，也是歷史的記録儀。編選“民國專題史”叢書的初衷正是爲了從一個側面展示中國學術從傳統向現代過渡的歷史進程。

專題史是對一個學科歷史的總結，是學科入門的必備和學科研究的基礎，也是對一個時代艱深新鋭問題的解答，是學術研究的高點。民國專題史著作中，既包含通論某一學科全部或一時代（區域、國别）的變化過程的，又囊括對一時代或一問題作特殊研究的，還有少部分是對某一專題的史料進行收集的。原創與翻譯并重，翻譯的底本大多選擇該學科的代表著作或歐美大學普及教本，兼顧權威性和流行性，其中日本學者的論著占據了相當比重。日本與中國同屬東亞儒家文化圈，他們在接納西方學術思想和研究模式時，已作了某種消化與調適，從思維轉換的角度看，更便于中國借鑒和利用，他們的著作因而被時人廣泛引進。

與當代學術研究日趨專業化、專門化、專家化的“窄化”道路迥乎不同的是，中國傳統學術崇尚“學問主通不主專，貴通人不尚專家”的通識型治學門徑，處于過渡轉型期的民國學術在不同程度上保留了這種特徵。民國學術大師諸學科貫通一脉、上千年縱橫捭闔之功力自不待冗言，外交家著倫理政治史、文學家著哲學史、化學家著戰争史等亦不乏其人，民國專題史研究呈現出開放、融通、跨界撰述的特點。與此同時必須看到，自晚清以來，中國的命運就在外侮屢犯、内亂頻仍的窘境中跌宕彷徨，民族存亡仿若命懸一綫。這股以創建學科、總結經驗、解决問題爲指歸的專題史出版風潮背後，包裹着民國學人企望以西學爲工具拯民族于衰微的探索精神，及以學術救亡的愛國之心。梁任公曾言：“史學者，學問之最博大而最切要者也，國民之明鏡也，愛國心之源泉也。”這種位卑未敢忘憂國的歷史使命感和國民意識是今人無法漠視和遺忘的。

“民國專題史”叢書收録的範圍包括現代各個學科，不僅限于人文社會科學，學科分類以“民國總書目”的分科爲標準，計有哲學、宗教、社會、政治、法律、軍事、經濟、文化、藝術、教育、語言文字、中國文學、外國文學、中國歷史、西方史、自然科學、醫學、工業、交通共19個學科門類。本叢書分輯整理出版，内不分科，單本發行，方便讀者按需索驥。既可作爲大專院校圖書館、學術研究機構館藏之必備資源，也可滿足個人研讀或興趣之收藏。

與目前市場已有的一些專題史叢書相比，“民國專題史”叢書具有規模大、學科全、選本精、原版影印的特點。本叢書選目首重作者的首創、權威和著作影響力，尤其注重選本的稀見性。所謂稀見，即建國後没有再版，且多數圖書館没有收藏，或即便有收藏，也是歸于非公開的珍本之列予以保存，普通讀者難以借閱。部分圖書雖有電子版，但作爲學術研究的經典原著讀本，紙質版本更利于記憶和研究之用。本叢書精揀版本最早、品相最佳的原版圖書作爲底本，因而還具有很高的版本收藏價值。

“民國專題史”的著作是民國學者對于那個時代諸問題之探究，往往有獨到之處，無論其資料、觀點短長得失如何，要之在中國現代學術史的構建與發展進程中，自有其開宗立論之地位。

歐洲文學史

第一卷目錄

希臘

第二卷目錄

羅馬

第三卷目錄

第一篇 中古與文藝復興

第二篇 十七十八世紀

歐洲文學史第一卷

希臘

第一章 起源

一 希臘古代文學最早者爲宗教頌歌，今已不存。所稱神代詩人，如 Orpheus，其子 Musaios，及 Linos，亦第本於傳說，並非實有。蓋儀式誦禱之作，出於一羣，心有所期，發於歌舞，以表祈望之意，本非以爲觀美，純依信仰以生。迨禮俗改易，漸以變形，乃由儀式入於藝術。昔之頌諸神者，轉而咏古英雄事跡，頌歌之後，乃發揚而爲史詩焉。

頌歌 (Hymnos) 皆關神話 (Mythos)，史詩 (Epos) 大抵取材於傳說(Saga)。神話與傳說，本甚近似，唯神話記神人之行事，傳說則以古英雄爲主。其一對於超自然之存在，有畏敬之心，近於宗教紀載。其一對於先民之事跡，致愛慕之意，近於史傳。此爲二者之大別，唯後以便於稱名，或併謂之神話。

希臘神話，於古代文學，至有影響。其內容美富，除印度外，爲各民族所不及。唯神怪荒誕之處，與各國神話，同一不可甚解。古來學者，各立解說，有譬喻歷史神學言語學諸派，皆穿鑿不可據。十九世紀後半，英人 Andrew Lang 氏創人類學解釋法，神話之本意，始大明瞭。古代傳說，今人以爲荒唐不可究詰；然在當時，必自有其理由，爲人民所共喻。今雖不能起古人而問之，唯依人類進化之理，今世蠻荒民族，其文化程度略與上古諸代相當。種族雖殊，而思想感情，初無大異，正可借鑒，推知古代先民情狀。今取二者之神話比勘之，多相符合。古代神話，以今昔禮俗之殊，已莫明其本旨。蠻荒民族，傳說同一怪誕，而與其現時之信仰制度相和合，不特不以爲異，且奉爲典章。由是可知古代神話，正亦古代信仰制度之片影，於文化研究至有價值，非如世人所謂無稽之談，出於造作者也。

民生之初，事莫切於自保。飲食以保生時之存在，妃偶以保身後之存在，更以種種求保身後之存在。人觀於自然之神化，影響及其身命，或間接及其衣食之資，莫不畏敬，因生崇拜。又觀於睡夢形影，生老病死之不測，因生靈魂之信仰，人鬼物彪，悉從此出。生殖崇拜，亦自成立，歲舉春祭，以祈人畜禾稼之長養。由是數者，綜錯雜糅而成原始思想，神話傳說，因亦無不留其痕跡，一一可按。希臘神話中。獸婚變形返魂諸說，皆可以精靈崇拜 (Animism) 解釋之。若王子行牧，太上躬耕，則凡知酋長制度情狀者，亦一見可解也。

希臘民族，其初分居各地，各自有其神話，後以轉徙，漸相淵雜，終乃合諸神祇，成一大家族焉。主神 Zeus 其妻 Hera，共居 Olympos 山巔，其子女 Athena (戰爭之神又司工藝之神) Hephaistos (火神又鍛冶神) Apollon (音樂之神) Artemis (佃獵女神) Hermes (牧神又司傳宣之神) 次之。Zeus 之女弟 Demeter 爲禾稼之神義曰地母。又其弟 Poseidôn 爲海神。戰神 Arês 與愛之女神 Aphroditê 則非同族。以上共爲神國中堅，此外有自然現象之人格化者，如日 Hêlios 月 Selênê 啓明星 Phôsphoros 曙 Eôs 虹 Îris 風 Aiolos 諸神。又有數類，位甚卑，而於文學甚有關係。今略述於下。

一牧神 Hermes 之外，又有 Pan 與 Satyros，同爲牛羊之神。唯起源不同。Pan 爲 Arkadia 牧人所奉，其狀人身長髯有角，兩耳足尾皆如羊，冬居山穴中，夏則隨羊羣至平原，當午晝寢,夕吹牧笛,如本土牧人所爲。Satyros 出 Argos,其地居民以牧畜釀酒爲業。其神羊身,以羊最善滋殖故。後轉爲人身,羊耳垂尾。及酒神 (Bakkhos) 祭起,列入從者。Pan 則僅限於牧;唯以希語乂釋作一切,後以 Pan 爲主神,代 Zeus 而有之。

二音樂之神外,有文藝女神,亦 Zeus 之女。相傳有九人,各有本名,分司歌舞戲曲之事。通稱曰 Mûsai。

三凡水泉之地,皆有神女,稱曰新婦 (Nymphê),言其美好。又分稱之曰 Naïas,居川中。曰 Oreias,居山林中。曰 Dryas,居樹中。位置介乎人神之間,雖靈異而非長生。生命依其所居,如水泉涸,或木枯,則神女亦死。又有 Nêreides 爲水神 Nêreus 諸女,時或與 Naïades 相溷。

四 Aphroditê 外有愛神曰 Erôs,意云欲求。象小兒,持弓矢。其矢傷人,以比愛戀之苦。或以爲 Aphroditê 之子。文學中多互舉之。

希臘古代,亦信死後之存在。幽冥之國,在地下,有冥王曰 Hades 及其后 Persephonê 主之。生魂居其中,作息一如生時,唯芒然了無意志。其地與世隔絕,有數惡川爲阻。Kharon

在其中,操舟渡人魂.往而不返。死者於舌下必置一 Obolos,以爲渡資。西方有樂土曰往者原(Êlysion Pedion),善人得入之.又有地獄(Tartaros),以罰叛神者.唯死後賞罰.起於西歷五世紀前。其初皆執行於生前,且祇限於神所愛憎.其人世罪惡.則由人自報復。唯殺父母兄弟.無人復仇者.乃由怨鬼(Erînys)自報之。後轉爲凶神之一類.女身黑色有翼.首上蟠蛇。與死神 Thanatos 夢神 Hypnos.共居幽冥之國。雅典人畏之,稱曰慈惠(Eumenides),又曰莊嚴女神(Semnai)。悲劇中多見之。

第二章　史詩

二　希臘史詩存於今者，有 Ilias Poiêsis 及 Odysseia 兩種，相傳皆 Homêros 所作。基督前八百年頃，生 Iônia。後世有七邑，爭自承爲其故鄉，唯皆不可據。有頌歌，亦傳爲 Homêros 作。其一有云，客問誰歌最美，可答曰有盲人居 Khios 多山之地，其歌最美，永永無匹。後人因謂其老且瞽，行吟乞食。唯此歌著者，實不知爲何人，故不得決爲 Homêros 自述也。

Homêros 身世無可考，學者多謂非實有其人。其名義曰人質，或當爲 Homêrodokhos，方成完全姓氏。Khios 乃有一族，號曰 Homêridai，世爲歌人，自承爲 Homêros 之後。唯詳攷其故，蓋先有 Homêridai 族，其先代曾爲質，因以得姓。不得爲戰士，唯以行吟爲業。終乃遺忘本源，自釋其姓爲 Homêros 子，因立 Homêros 之名而追崇之。正如希臘人自名其國曰 Hellas，民曰 Hellênes 因立 Hellên 爲先祖，Iônia 人亦自稱 Apollon 子 Iôn 之後也。

或謂 Homêros 之故鄉爲 Khios, 蓋亦有說。Khios 既爲 Homeridai 一姓聚族所居.而其人又悉爲 Rhapsôdoi。故今若以 Homêros 之生, 解作 Homêros 史詩之發達, 則其言固有至理。Rhapsôdos 者.意云唱補綴之詩者。大抵史詩之作,由短而長,由散而聚。歌人收散片之詩,聯集而吟咏之,又遞相口授.多有變易.後乃輯錄.成爲今狀。非 Homêros 先作此二長篇.其子姓 Homêridai 乃承受而分歌之也。

或又謂 Homêros 爲盲.殆亦據古代社會情狀而云然。上古之世.以戰爭立國.男子之少壯者.皆爲戰士。跛者爲工,製兵器,盲者唯可吟詩耳。且此外復含神祕之思想,詩人術士.皆得神寵.而復加以殘廢.乃遠人世而近神明,於是能預言.或作歌。如 Odysseia 中先知 Tiresias 盲,而 Athenâ 授以神智。歌人 Demodokos 爲 Musai 所愛,而禍福並臻.去其目光而予以美音。今所存 Homêros 石象,在 Naples 博物館,亦刻作盲目也。

基督七世紀前.詩人 Kallînos (660) 始言及 Homêros 著 Thebais 一詩。次有 Semonides (630) 引成語曰,人生如葉之落.云是一 Khios 人所言,今見於 Ilias 中。爾後紀載漸多,史家 Thukydides (430) 祗言 Ilias與Odysseia 爲Homêros 所作。至二詩編定之時, Cicero (160) 云雅典王 Peisistratos (550) 編錄 Homêros 散亂之詩,訂定之,如今世傳本。Plutarkhos則謂 Solon (660) 所爲,編定次序,用於Panathênaia 大祭。唯 Lykurgos (350) 但云先人所定,不舉其名,後世遂以歸之大立法家,此說差可據也。

三 Ilias 者,敘Ilion戰爭之事。初 Peleus 之婚,大宴諸神,而 Eris 獨不與。Eris 怒,遂以一金頻果投筵上,書其上曰予最美者。於是 Hera, Athenâ, Aphroditê 共爭之, Zeus 不能定,命就 Ilion 王子 Paris 決焉。』Paris 方牧羊山中,三女神各賂之命右己。Hera 許以富貴, Athenâ 許以功業, Aphroditê 則許以天下最美婦人。Paris 從其言,遂以神助,誘斯巴達王 Menelaos 妻 Helenê 而歸。王約與國,興師伐之, Agamemnon 爲主師,其下有 Akhilleus 及 Odysseus 諸名將。而 Paris 兄 Hektor 亦勇猛無敵,相持十年。會希軍出掠, Agamemnon 分俘得 Apollon 祭師 Khryses 女,神乃降以大疫。Ilias 開端,卽在此時。希軍既大創, Akhilleus 勸歸 Khryseis 以息神怒, Agamemnon 允之,而取 Akhilleus 所得之女 Bryseis 爲代。Akhilleus 怒,決絕而去,希軍益不支。Akhilleus 稍悔,遣其友 Patroklos 赴援,爲 Hektor 所殺。Akhilleus 大怒,欲復仇。Agamemnon 復以 Bryseis 歸之,卑詞求和,Akhilleus 乃出,殺 Hektor,唯其運命亦垂盡。詩至二英雄之葬而止,不及 Akhilleus 之死,或後人諱而去之。後以 Odysseus 木馬之策,破 Ilion,復得 Helenê 以歸,此大戰遂畢。近世發掘小亞細亞,見有古城焚餘之迹,攷其時當在基督前千二百年,似 Ilion 之戰,亦本於事實也。

Odysseia 紀 Ilion 下後,Odysseus 歸國之事,然亦有後世羼入者。Odysseus 歸途,歷諸危難,登 Ogygia 島,爲神女 Kalypsô 所留,七年不得歸。Athena 爲之請於 Zeus,乃命神女縱之行。海神以前怨,碎其筏,游泳登岸。其地曰 Skeria,王遇之厚,Odysseus 爲述所遭。云初過 Lotophagoi 之國,又遇 Kyklops,食其同伴,以計矐其目而遁,過 Aiolos,遭逆風失道,抵日神女 Kirkê 之島,留一年。發舟遇 Seirenes 於海上,其狀女首鳥身,善歌,聞者迷罔,投水而死。途中或不謹,盜殺日神之牛,雷震其舟,衆皆溺,Odysseus 以不食牛獨免,乃至 Kalypsô 之居。終至於此,王遂厚贈而遣之。旣歸 Ithaka,

僞爲丐者至其家，衆方迫其妻 Penelopê 欲娶之。Odysseus 乃與子 Têlemakhos 共誅衆惡，家復得完。又往謁其父 Laertês，退隱村間，躬耕以自給。

Odysseus 舊傳爲 Homêros 晚年作，唯據近代攷證，以二詩所寫社會情狀，頗多不同，故定爲非一人所造。Odysseia 敍 Odysseus 漂流海上，歷遇神異，事既瑰奇，詩亦益妙。唯偉大悲壯之處，不及 Ilias，此固性質不同使然。Ilias 雖以 Akhilleus 之怒爲主旨，其最得人同情者，乃爲 Hektor。詩人歌勝利之光榮，而人生之戰敗者，其閱歷乃更深徹而偉大。作者之心，能不爲狹隘之愛國思想所囿，因得了徹兩方之感情，表而出之，此正希臘特具之才能，而早見於 Homêros 之詩者也。

Homêros 又有頌歌，然實非祝禱之作。古者歌人吟詩，必先呼神而求其助，相沿成習，遂有所謂 Proöimion 者。可釋曰引，後或分立，稱頌歌焉。又有諧詩 Patrakheiomyomakhia (蛙鼠戰爭) Margitês，亦相傳爲 Homêros 作，然俱出假託。古代著作，大抵不知主名，後世以意定之。如 Iliu Persis 著者之爲 Arktînos Têlegoneia 著者之爲 Eugamon，並有雙關之意,顯爲後起之假名矣。

四　方 Homêros 史詩盛行於 Iônia 時,在 Boiotia 亦有一派,與之角立。今存 Erga Kai Hêmerai 與 Theogonia 二詩,爲 Hesiodos 作。Homêros 咏戰爭涉險, Hesiodos 則歌田功農時。Homêros 爲貴族之詩人, Hesiodos 則齊民之詩人也。Boiôtia 古時,故多民歌,及英雄詩歌流行,受其反動,益復發達。或外來詩人,取材本土,造作別體, Hesiodos 殆其一人。相傳幼時牧羊山中,得 Musa 指授,遂能詩。後至 Lokris 識一女子曰 Klymenê, 其兄弟共襲殺 Hesiodos, 投諸海,海豚負尸登岸,遂葬之。女生一子,卽詩人 Stêsikhoros 云。又或謂 Hesiodos 父死,兄弟析產,其弟 Persês 賂鄉官,悉以沃田歸己。蓋因 Erga 中多言鄉官之不公,又時呼 Persês 予以教訓,因生此說。實皆附會,非實有也。

Erga 首責 Persês 之游惰,鄉官之貪婪,以力作爲人生要義。引 Prometheus 竊天火助下民,及 Pandôra 故事,次述人世金銀銅鐵四時代。而今世已爲末期,諸神多去,唯餘 Aidôs 及 Nemesis 二神。後將併此悉去,而人間亦愈淪落。唯若齊民能起而懲王公之罪惡,或更有光明之望,較之

Iônia 史詩贊頌先王功德者,迥不侔矣。其後爲農時月令,次爲格言,次爲吉凶日占。其書通稱曰農功與日占,古人極重之。或取其道德之教訓,或取其農功之指導;唯在今日,乃能於此見古代希臘民間情狀,聞田夫野老,罄其心曲,故爲可貴也。

Theogonia 此言諸神世系,首紀天地開闢,以至 Zeus 立爲主神。次編列諸神,意欲定其職守,明其系屬,以成神國世本。唯希臘神話,本集各族傳說而成,初無定序,故爲事極難。Theogonia 傳本,亦不完善,往往不相聯屬。大類歌人所記,以備取材之書,唯於神話研究,頗有價値。詩末,紀諸女神下嫁人間者。又紀民女爲神妻者,名 Eoiai。唯此卷已佚,僅在古書中,散見數十則而已。

與 Erga 同類者,有星學鳥占諸詩。云亦 Hesiodos 所作,今皆不存。Pausanias 著希臘志中云,鄉民示以一鉛板,上刻 Erga 而無序言。且曰,此外著作,皆非 Hesiodos 眞本云。

史詩作家,實有其人者,首爲Pisandros(650),著Hêkleseia。又有 Anyte,見希臘志,人稱女 Homêros,所作皆不傳。

第三章　歌

五　Hesiodos 之詩,源似微而流甚長。Theogonia 之後,有各地傳說.記先代系序。又仿 Eoiai 作詩,以記述爲重,不主譜錄.衍爲艷歌 (Erotikos Elegos)。至 Erga 之影響,亦分兩支。一由農時月令,曼衍爲學術詩, 如星辰地理醫藥占卜諸詩。一由格言, 曼衍爲哲理詩。而 Solon 等之 Elegos, 與 Arkhilokhos 之 Iambos, 其起源亦均有相關者焉。

哲理詩之起,由 Xenophanes。本 Anaximandros 弟子,居 Kolophon, 遭波斯之亂, (546) 遂周流爲歌人。唯不信神話,以自然無限爲神,形質心意,皆與人殊。古人以姦盜詐僞,人世衆惡.加之於神。又繪己之形以象神,使師虎能繪,亦必象神爲師虎矣。所作有詩論自然, Parmenides 繼之, 亦有是作。今皆不傳,僅存斷片,然實爲希臘古代哲學之源泉,至足珍也。

Elegos 本爲挽歌,後仿其體別用之。見於史傳者,以六世紀前 Tyrtaios 作戰歌爲最早。Mimnermos(630)更作 Nanno,

詠古代愛戀之事。蓋脫胎於 Êoiai, 以其婦字爲篇名。終乃厭世,至憐日之奔走爲勞, 自願以六十無疾而死。大立法家 Solon (639－559) 亦有著作,唯以傳布政見爲事,不甚致力於文字。Theognis (520) 詩,今世所存較多,以格言 (Gnômê) 勝。Theognis 本 Doris 貴族,以革命出亡,故爲詩多怨懟,至祈神欲飲 Demos 之黑血。今之所傳, 乃三世紀前學校教本,故字句多改易,然亦以此獨得完也。Semonides (620) 作亦散失,唯詩選中存一章。古時値祭日, 女子得作歌嘲男子爲樂。此爲報歌, 以蟲爲喻,淑女爲蜂, 高傲者馬,善問者䶂,懶而好食者爲豚。其詩則 Iambos 之體,非 Elegos 也。

Iambos 者,詼諧調笑之詩, 其體近於常言,相傳爲 Arkhilokhos (650) 所創。Arkhilokhos 放曠不羈, 以事去其故鄉,移居小島。與土人戰, 棄盾而走, 曰是何害, 吾可更得新盾也。又去之,應募爲兵, 或爲海賊以自給。其詩有云, 吾於矛頭得蒸餅,得 Ismaros 之酒,吾又臥矛上而飲酒,即咏其事。終歿於戰。嘗作詩云,吾爲戰神之僕,又得詩神之美贈,論者以爲二言足盡其爲人矣。Hippônax (540) 作詩,純用 Iambos 體。多惡言,滑稽之趣頗少。始作跛體 (Skazôn) 世謂其人跛而醜,以丐自給者,或因此也。

世所稱伊索寓言 (Logoi Aisopon), 本亦諷刺詩之一種。起原尙在上古,人獸之際,形體雖殊而性靈不異,卽木石水土,亦有憑依,故言動視息,通於萬類。後之文人,采集傳說,或稍加修正,以寄微旨。其作也不出於一人,其成也亦不定於一時。唯相傳爲 Aisopos 作,四世紀前 Aristophanes 亦已云然。舊傳 Aisopos 與 Rhodopis, 同爲 Iadmon 家奴。形體殘廢,而善爲寓言,終以譏刺攖 Delphoi 人之怒被殺。然別無左證,殆亦後人假造,猶 Homêros 事也。今所有希臘文本,爲基督一世紀末時 Babrios 所編定,其詩亦用 Kholiambos 體。

六 希臘古代詩皆合樂,假管絃之力,以表情思,補言語之不足。故誦史詩者配以 Lyra, 挽歌則和以 Aulos, 卽 Theognis 之詩尙然,蓋古無徒歌也。第紀敍實事,或敷陳義理,重在索解,則但永歌之,不復用絲竹合奏,後因以爲常。若其表現感情,言不盡意,重在感興而不在思索者,則音樂之爲效益大,於是所謂 Melos 者起焉。Melos 者,抒情之歌,與紀事之詩相對。又分二類,一曰獨吟,一曰合唱。私人著作,偶有興會,寫其情思,以自怡悅,是爲個人之歌。吉凶典禮,佐以歌舞,作者撰詞,率 Khoros 唱之,其詩不爲一己。Aristoteles 嘗辨別之,所謂一爲爲己之詩,一爲爲人之詩是也。獨吟之詩,以 Alkaios, Sapphô 及 Anakreon 三人爲最著。

Alkaios (600) 者 Lesbos 舊家子。惡君主而賤齊民,多歷征戰,後以國事出亡,十五年始得返。所著詩十卷,多自述身世,言流亡行役之苦,後盡零失。亦有風懷之作,而非其本色。Teos 之 Anakreon (540),世謂之醇酒婦人之詩人。其詩五卷,備諸體制,今所傳止斷片一章,短歌一卷,詞旨俊妙,婦孺可解。後來代有仿作,自三世紀前以至中世,合稱 Anacreontea。放誕淫佚,往往過之,至令後人以 Anakreon 爲縱欲敗度之老翁,亦其不幸也。

Sapphô 又稱 Psappha,亦 Lesbos 人,生基督前六百年頃。其身世大略,頗見於紀載,然大抵不足憑信。唯 Herodotos 言其父名曰 Skamandrônymos。有弟 Kharaxos,悅豪家女奴 Rhodopis,贖之出,後爲名伎,留埃及。Kharaxos 歸 Sapphô 嘲以詩。又 Suidas 言 Sapphô 有夫名 Kerkôlas,爲 Andros

人。今依字義推之，當是後世輕薄者之所造也。Sapphô 有女 Klêïs，見於詩。史言其家在 Troia，終不詳其姓。又或謂愛 Phaon 而不見答，乃追之至南意大利，投白厓 (Leukas) 死。然古詩人多詠其墓，Hephaistion 作投厓人名表，亦不著錄。且此說始見於喜劇，距Sapphô 之死，已二百年，以前未有言者，則無稽可知也。Aiolia 之俗，家庭社會閒，女子頗得自由，不如 Ionia 之閉處宮闈，不與外事，亦不如斯巴達之專務體育。大抵頗能學問，從事文藝，以發抒情思。Lesbos 爲全邦文化之中心，而Sapphô又實其領袖。結社講詩，四方景附，論者至比之 Sokratês。然俗世少見，乃大驚異，以Sapphô非 Hetaira 而製此深摯之豔詩，則憑臆爲解，造作浮詞。加以諧曲狎侮之詞，其說遂益紛糾。至近來學者辭而闢之，乃始稍白於世矣。

Sapphô 詩舊云九卷，基督二百六十年頃，Athenaios 尙言誦習其全詩。三百八十年頃，以東羅馬王命，併古詩人著作悉焚棄之。今僅餘豔歌二節，又斷片百十數則，皆藉古代文法字典家引用得存，而古今歎慕，不易其度。Platon 稱之爲第十詩神，Solon 聞其姪歌 Sapphô 詩，急欲學之，曰願及吾未死而得誦焉。Sapphô 詩以 Eis Aphroditan 與 Eis Erômenan 爲最有名。Eis Erômenan 存十七行，英詩人 A. C. Swinburne 作 Anactoria 一卷，以繹其意，序言所謂愛情之暴發，進則堅而爲狂怒，退則深而爲絕望者也。其 Epithalamia 中亦多佳句，或以爲勝豔詩。今舉英譯一節於左。

As the Sweet apple blushes on the end of the bough,
The very end of the bough the gatherers overlooked,
Nay overlooked not but could not reach, [so art thou.]

七 合唱之起，蓋在有史以前。古時宗教儀式，必有歌舞，又如凱旋豐收，以及生死婚嫁時。亦行之。有樂師，率其歌隊，以此爲業，寄食於諸侯，Doris 諸邦最盛。其歌分戰爭，哀挽，飲宴，婚姻諸事。又或以人分，如男子歌，女子歌，童子歌等。其詞爲樂師所作，唯應教令爲之，與自抒懷抱者有別也。最早有 Alkman (650) 者，斯巴達人，著 Parthenia，用於 Artemis 之祭。雅典人紬繹其詩，謂其先出 Lydia，被虜爲奴，以能詩得釋。蓋以斯巴達人爲不能詩，故作此說，猶以 Tyrtaios 爲雅典塾師之故事耳。

Stêsikhoros (600) 相傳爲 Hesiodos 子，本名 Tisias, 始取史詩資材，別作歌詠，故有 Lyrikos Homêros 之稱。所作凡二十五卷，唯多長篇，文句又明晰易解，故文法家不甚引用，而流傳遂絕少。然在當時，聲名播布全國，已有不解 Stêsikhoros 三行詩之語，以喻人之不學。後世文人畫師陶工，咸被其澤，古今傳說之遷變，亦悉緣於 Stêsikhoros。蓋其對於古代傳說，雖亦信爲典要，而時或加以修改，使臻美善。舉凡蠻荒古迹之遺留，與草野民生之情狀，皆美化之，而詩境亦益廣大，不復爲神話所範圍矣。Stêsikhoros 咏 Ilion 事，於 Helenê 有微詞，已而病目，疑爲祟。且攷覈史迹，亦以舊說爲誕。因作反歌 (Palinôdia)，言 Helenê 未嘗至 Ilion，實 Zeus 遣一化身 (Eidolon) 代之往也，未幾疾瘳。Palinôdia 一詩，雖有爲而作，然其精神，則足代表著作之全體也。

Arîon 與 Îbykos 同爲行吟詩人，又同以軼事著名。Arîon 始造 Dithyrambos，用於酒神之祭。嘗爲海賊所襲，投海中，有海豚負以登陸。Îbykos 之詩，合三族之長，備極美豔。後爲人所戕，有鶴爲之復仇，則以鶴名 Ibykes，故生此說也。

Simônides (556－467) 以 Tisias 死之日，生於 Keos。周行

列國,以詩游諸侯之門。其先,詩人依居停,應教爲詩,酬報有差,至 Simônides 始計值以作,與後世之賣文相似矣。所作備具各體,挽歌,舞歌(Hyporkhêmata),凱歌 (Epinîkoi)尤佳。又作詩銘 (Epigramnia),本以銘墓,或施於造象,後乃用之他事。Simônides 諸作中,以 Thermapylai 戰死者,及 Timokreon 墓銘稱尤最。其一悲壯,其一輕妙,俱爲不可及也。

Pindaros (522-448)者,Boiotia 人,世傳少時與女詩人 Korinna 競技,不勝,乃發憤爲詩。唯 Korinna 遺句中,有非議 Myrtis 與 Pindaros 角勝事,則其說蓋非實也。Pindaros 作詩九種,共十七卷,今所傳止 Paianes 斷片數章,及 Epinîkoi 四卷而已。Paian 者,頌 Apollôn 之歌。Epinîkoi 則爲希臘四大會時,角力競車之勝者頌也。Pindaros 之詩,咏歎健者之勇武,馬贏之駿逸,而能自出新意,引古代傳說,陳先世之功業,合 Epos 於 Melos 之中,蓋承 Simônides 之傳,又善能光大之者也。Pindaros 作詩,雖亦應教,而性好武俠之事,故情文相生,自成絕調。又與 Hesiodos 同爲 Boiotia 人,道德思想頗相近。然 Hesiodos 爲齊民之詩人,Pindaros

則爲閭閻之詩人。Hesiodos 教農民以勞作節儉,而Pindaros 則教貴人以重榮譽,輕施予,勞其身心,棄財力,費時日,以求所謂善Areta者。其理想人物,則Doris人之始祖 Heraklês 也。高貴強武,榮譽聲名,皆具於一人,而 Olympionîkês 則其化身,宜乎 Pindaros 之永歌之矣。

Dakkhylides (468) 爲Simônides之猶子,善作 Epinîkoi,與 Pindaros 同時。雖才力稍遜,而文詞平易優美,不如 Pindaros 之艱深,故聲名相並。著作久佚,一八九七年始於埃及古墓中,得蘆紙三枚,錄 Bakkhylides 詩二十章,由是復聞於世。其中六章不關競技事,尤可珍重。第十八章題曰 Theseus,咏 Theseus 之返國,兩歌隊設爲雅典人與王 Aigeus 之詞,互相問答。由合唱轉爲戲劇之迹,於此又得一旁證焉。Alkman 之 Parthenion,亦有問答之詞,唯止歌女自相問訊調笑而已,與此假爲古代人物者異也。

第四章　悲劇

八　悲劇之起，Aristotelês 以爲始於 Dithyrambos，當 Dionysos 祭日，市民假妝爲 Satyroi，歌舞以娛神。一轉而爲歌隊，再轉而爲戲劇。Tragos 者，羊也。由是而生 Tragikos Khoros，又一變而爲 Tragôidia 也。

世傳 Arîon 始造 Dithyrambos，唯其起源甚古，Arîon 或但訂定之耳。Dithyrambos 之字義，或云重戶，或曰神喜，最近學說則解之曰神躍，Dionysos 則曰神聖少年。希臘古時，每年四月（Anthestêriôn），例行春祭三日，以祈人畜禾稼之長養。元始民族，自保之具，莫急於食，故對於四時之運行，疑懼與喜望交併。既懼冬之常住，復恐春之不再來，乃有送冬與喚春諸儀式。心有所期，形於動作，所謂情動於中而形於言；言之不足，故嗟歎之；嗟歎之不足，故永歌之；永歌之不足，不知手之舞之，足之蹈之也。故 Dithyrambos 者，春之歌也，生之復活之歌。而 Dionysos 者，亦即一切生氣之精也。其別號曰 Dithyrambos，曰 Bakkhos，曰 Bromios，皆示生意之發動也。此爲 Dithyrambos 最初之一面，希臘以外，亦多有之，不限於一時一地也。

Dithyrambos 者，歌 Dionysos 之生，Platôn 已云然。後世漸忘春祭之本意，遂造Semelê之神話以釋之。或以 Dionysos 爲酒神，至其本來，則止爲生命之精靈。其形或爲木，或爲獸，或爲人，不一其狀。最古爲一木株，上纏布帛，或刻作人面，以薜蘿葡萄蜜房干無花果爲飾。又或爲牛馬，舞者亦伏地作牛鳴，或縛馬尾於背以象之。蓋模其形狀，擬其行動，能得靈感（Enthusiasmos），與神相接也。尤以羊爲最多，後雖變形爲丈夫，爲嬰兒，爲少年，而其徒仍作羊形爲Satyroi。此 Tragikos Khoros 之所由起也。

春祭之時，Satyroi 隨神輿而行，或就平野作環舞，後始有定地，曰Orkhêstra。或 Arîon 遂編訂其歌詞，定歌隊之人數，又於合唱之外，加以問答，如 Alkman 所爲。於是環舞漸蛻化而爲隊舞，是蓋又一絕大之變遷也。

然其最大之影響，則緣在上者之提倡。希臘古時，平民之藉牧畜耕種爲生活者，當春祭時，爲迎春之儀。而高門巨族，則仍崇拜先祖。古之英雄，死而爲靈，又多卽爲地方之守神。

執政者患其不利於統治，力以諸術殺其勢。編定史詩，用諸祭典，與後之舉行 Dionysia，皆是。蓋 Homêros 所歌，爲希臘全國之神人；而 Dionysos 者，外來之神，獨立而無所偏倚者也，Peisistratos 爲 Dionysos 造祠於雅典。五三五年行競歌之會，作者各以一曲獻 Arkhôn，祭日取其佳者三本歌之，校定優劣，Thespis 得賞，是爲演劇之起原。其初歌隊所歌，祇 Dithyrambos 一種，故始終爲Satyroi 狀。及增新曲，舞者須更衣而歌，Orkhêstra之外，乃有 Skênê。後漸移作背景，加以藻繪。觀者所居地，曰 Theatron。古代儀式，漸變而爲藝術，於是 Orkhestra 與 Theatron，亦因之爲消長焉。

Dithyrambos 咏 Dionysos 事迹，分奮爭（Agôn）苦難（Pathos）靈見（Epiphania）三段落。後覺其枯寂，因先以他種歌曲。例凡三章，合Dithyrambos統稱四部曲（Tetralogia）。歌者五十人，作曲者爲之長。歌間，作者出而致詞，爲獨白或問答，以增興趣，亦使歌者得息。後乃又以左右歌隊之長登場，故悲劇優人凡三，稱之曰 Hypokritês，義曰應對者。謂作者陳詞，而二人應答之也。

如上所言，希臘悲劇之起，可分三節。一，始於 Dionysos 之春祭,歌呼踊躍,以迎生氣。二. Arîon (620) 作 Dithyrambos 之詞,用之歌舞。三 Peisistratos 舉競歌之會 (535) Thespis 得勝。又始作科白,已具戲曲模形。及 Aiskhylos, Sophoklês 與 Euripides 三大家出,(525－406),乃極其盛。後復消滅,而 Dithyrambos 則流行如故也。

九 Aiskhylos (525－456) 者,Eleusis 名家子。嘗從軍,與波斯戰。四七二年以Persae 一劇得賞。平生著作,凡九十篇,今所傳者,祇七篇而已。嘗自書墓銘云,Marathon 樹林,實證其勇,其於詞曲,似自以爲末技,而後世競推重之。三百三十年頃,Lykurgos 建大劇場,爲之立銅象焉。

Aiskhylos 所作,皆三部曲,今唯 Oresteia 尙全,餘止存一部。作波斯人 (Persae) 後,四六八年競技,爲 Sophokles 所敗。次年復以七人 (Septem Contra Thebas) 得賞,次作 Promêtheus,四五八年作 Oresteia,又得上賞。唯最早著作,則爲籲請之女 (Supplices),其年代不詳。劇爲三部曲之首章,敍 Danaos 之女五十人,爲 Aigyptos 諸子所逼,逃至 Argos,求助於王。埃及雖不禁同姓爲婚,而強暴之行,亦爲罪惡。Argos 遂容留亡人,允爲保障。埃及王子來攻,終獲諸女，強娶焉。Danaos 乃屬女於婚夕盡殺諸壻，唯一女曰 Hypermêstra 者不從，因獲罪，Aphroditê 援之得免。後其苗裔創業，遂立 Argos 新邦也。此曲之意，蓋謂天意不可測，又隨在見其調和。Aigyptos 諸子，以強暴獲報，Danaos 諸女承父命而殺之，皆正也。然諸子之首禍，與季女之逆命，皆不得其正，而實亦莫外於天意。胤嗣大昌，正非神之反復，殆有深密難知之用存焉。其曲雖以 Hypermêstra 爲主人，而列入五十歌女之中，初無區別。蓋歌隊尙未分列，唯繞壇而舞，猶有古劇遺風，優人亦多祇二人，故今定爲 Aiskhylos 早年作也。

波斯人爲三部曲之中卷，紀波斯王 Xerxês 攻希臘，橫舟斷海而渡，投黑索於海中，自稱海上之王，獲罪於 Poseidon。及 Salamis 之戰，波斯舟師殲焉。劇中止敍母后與諸元老留守故國，憂念征人。及得噩耗，乃籲禱先王，乞其救助。前後二卷，則失之矣。七人之前，本有二曲，曰 Laios，曰 Oidipos，紀 Laios 父子之悲劇。初 Laios 不聽神訓而舉子，終應預言，Oidipos 殺父妻母，至於凶終。Oidipos 子又忤父意，乃詛之，至是亦應。兄弟爭位，爰興甲兵。Polyneikes 聯與國七君.攻其兄 Eteokles,兄弟相殺。詛祝必踐.夙業遞傳,有觸乃發,終不可逭,此希臘古代之道德觀念,多見於戲曲者也。Promêtheus 之傳說,對於 Zeus 之神德,多可非議。唯在古代,疾智忌能,不害於神之正直聰明.如創世紀所言,亦可以見之。Promêtheus 愛人類而抗暴力.歷劫不屈,足引萬類之同情.終亦得直,還獲自由。惜其曲不完.不能詳知始末耳。

Oresteia 敍 Orestes 復父仇.三部俱存。一曰 Agamemnon,言后 Klytainestra 與 Aigisthos 共謀殺 Agamemnon.篡其位。二曰 Khoêphoroi,三曰 Eumenides.言 Orestes 殺父仇。唯以弒母故.爲 Erinyes 所苦.因發狂.遁於 Delphoi。諸神集議於 Areios Pagos,以 Athena 援得免.遂爲淨罪。又慰解 Erinyes.爲立祠於雅典.稱慈惠女神焉。此曲本事,亦據傳說,與當時信仰制度相關.足資今日之研究。Aiskhylos 戲曲本旨.一以寫人天恆久之爭.一以寫罪業因緣之報。好勝之心.常引人越軌而進,乃與自然之力相抗,以至敗亡。凡諸惡業.又展轉相生.至於無窮.終唯絕滅,乃得解決。而正義公法.亦或能調劑.使得和平.如 Oresteia 等.皆可以見此意也。

十 Sophoklês(496－406)作曲.初用伶人三,歌隊亦不復重要如昔。又廢三部曲例,以一曲爲全部。舊劇三部相聯,故可敍歷世事跡.以一題旨貫串之。Sophokles作,則重在展示情節,不專以闡發義旨爲事、所作僅存七篇,皆咏古英雄事。其Oidipos與Antigonê二作,與七人之劇聯屬。Elektra者,即Orstês女兄,同報父仇,唯其旨趣,乃與Aiskhylos殊異。Orstês弑母,雖經神明之示,疫厲之威.而內有心誅,外見鬼責,終於狂易。Elektra則躊躇滿志,以如願爲忻。蓋Aiskhylos寫古人而和以今人之情思,Sophokles則即以古人之心爲心,求與傳說相近,且思想又絕嚴肅,故不同有如此也。其寫Elektra峻烈剛決.思慮言動.俱爲愛父一念所左右,與Antigonê以兄弟之誼,甘舍其生者,足相倫比。七人之役,二子駢殞,新王Kreôn禮葬Eteokles,獨以Polyneikes叛國,故暴其骸,敢葬者死。其女弟Antigonê收瘞之,鞠之不屈,Kreôn子Haimôn營救不許,遂閉之墓穴。而先知預言神怒,將降大疫.Kreôn父子亟往啓穴,已死矣。Haimon殉之,其母聞之亦自縊。古者以人死不葬爲大罰,蓋將使形神永繫,不得解脫.而沴厲所積.亦足以違忤天和。且Homêros

時，已以侮辱死者爲戒，故 Kreôn 之命，雖正而實非。Antigonê 之抗命收葬，則純由天性，發乎自然；殉其義分，而不能自明其理之所在；知生之可樂，而終甘就死，又復不自覺其死之可榮。其設想皆至精微，世以此爲希臘戲曲之榮華，良有以也。

Euripides (480－406) 力作五十年，著曲九十二篇，今存十七，而當時得賞止四次。蓋思想卓絕，不能爲世俗所賞。毀言洋溢，至謂其不識字，命奴代爲執筆云。Euripides 作曲，不如 Sophokles 之紀敘情節，唯以闡發義旨爲重，而又與 Aiskhylos 不同。Aiskhylos 寫人間禍福，悉統以神祕莫測之力，使古代信仰與現世事實，得其調和。Euripides 則於神人行事，多所置疑。其劇敘述情況，不加臧否，而令見者自發不安，萌生疑問。當時人心所不願聞，而又不能自禁。Euripides 之不爲時人所好，而復有大名於世者，亦以此也。Euripides 相傳爲哲學者 Anaxagoras 弟子，故不信傳說。嘗言天下無淫盜之神仙，並出歌人意造。而作曲又例必取傳說爲材，故輒復流露眞意。如謂其志在摧毀神教，則亦未必然也。

Euripides 亦作 Elektra，乃與二氏絕異。古代傳說，一變而爲平常人事。Klytaimnestra 之死，Aiskhylos 以爲神罰，Sophokles 以爲正報者，在 Euripides 則爲罪惡，而其過悉由於 Apollon。其寫母后，不遠人情，足起人之哀矜，而無疾惡。Medea 與 Hippolytos 二劇之主人，亦本世人所共棄，而 Euripides 善能轉化，使觀者覺 Medea 等，正亦常人。但性情偏至，機緣邂逅，而悲劇以成。Aristoteles 所謂恐怖悲憫二元素，兼而有之。世或因是稱之爲 Misogynist，殆未爲當。Euripides 亦嘗作 Alkestis 等曲，寫女子美德，但不如昔人之僅依理想，傾於光明之一方。蓋能洞觀人性，中邊俱徹者也。

Euripides 作曲，初用 Prologos 及 Epilogos，說明原委。歌隊漸失其用，而典禮所關，不能輒廢，乃使爲劇中人物。唯不能常用，則於劇間作歌舞，而戲曲形式，亦因之稍變矣。

四世紀後，演劇盛行，而著作衰歇，鮮可稱述。技工之事，別於藝術。故今言希臘悲劇者，唯以三子爲斷也。

第五章　喜劇

十一　Aristoteles 著詩學，論戲曲起原曰，悲劇起於迎神，喜劇起於村社。雖其書殘缺，論喜劇之卷，今已不傳，無由詳攷其說。而喜劇由昉，已可略得大凡。蓋二劇之興，俱因生氣精靈之禮拜，然同而實復殊。Dithyrambos 者，迎春之曲，自 Arion 以來，多經文人潤色，言近雅馴，其時在春季，演神之奮爭苦難，終之以靈見，志在用感應之術，以促春氣。社祭者，田夫野老之所爲。其時在秋季，禾稼既登，葡萄酒熟，民生豐樂，皆由神賜，禮有報賽，罄其感荷。迎春之時，懼春之不再來，故悲哀之氣，寓於喜望之中，化而爲劇，亦寫人生之奮爭苦難。秋賽之時，則喜春之重來，予萬物以有生之樂，故懽愉之氣，寄於感激之中。叫囂縱肆，不能自禁，化而爲劇，則嘻笑怒罵，亦無所變也。宗教儀式，約可分祈禱報賽二類。希臘悲喜二劇，卽由此出，漸乃與儀式脫離而成藝術也。

喜劇本稱 Komôidia，義曰村社之歌。Komos 者，義云鄉村宴飲。蓋村人集而歌舞,繼以行列,而終之以酒宴。後遂引申其義,以 Komoi 爲與祭者之稱。Plutarkhos 嘗記之曰,昔者先民舉行 Dionysos 之祭,儀式質樸,而至懽愉。有行列,挈酒一瓶,或一樹枝,或牽羊,或攜柳筐,中貯無花果,而殿以生支(Phallos)。此蓋萬物生成之祭,徵諸古代及元始民族,往往有之。由今視之,或可駭怪,然在當時,乃不過宗教儀式之一。道德標準,本隨習慣而定,故於風俗人心,固亦無害也。且希臘民族,以中和(Sôphrosynê)之德著稱。對於自然恆久之性能,有例知而無諱飾,能節制而無遏逆,使之發泄得間,乃不至於橫決。故於村社行列,予以容仞而嚴其約束,不見有可恥可諱者也。Aristoteles 論悲劇,以爲人心本有恐怖悲哀之感,得假此以泄之。又謂嘈雜之音,足以淨人間之猛性,不使鬱而爲厲。故此村社之歌,亦自有明效大用。俾人得於此時,歡笑愉樂,一罄其情,亦祓除之一術也。

村社行列,初不與 Dionysos 之祭相關,但行於 Doris 諸邦,以祈報生氣而已。至四六五年,始用於春祭,Komoidia 遂與 Tragôidia 並峙。其初但有村人假妝戴面具,歌舞游行,和以絲竹,或演滑稽動作,以供笑噱。是日又例得放言

(Parrhêsia)，侮弄罵詈，皆可任意．受者不得較，其後卽衍爲喜劇中之枝詞(Parabasis)。曲間．歌隊突前歌詩，譏彈時政，或嘲笑時人，無所顧忌，蓋猶存古風．古代喜劇，先有序說，繼以枝詞，次演劇中主人滑稽行事．多不聯屬，終以宴樂。作者頗多．今皆不傳，唯 Aristophanês 尙存十一篇耳。

十二　希臘喜劇，分古中近三期．Aristophanês (450-385) 實爲古期作者之代表。所作劇譏評時事，大都政教二類。蓋意主保守，尊古而非今．故當時民主之治，司法之制，多所責難，如騎士(Equites)蜂(Vespae)鳥(Aves)皆是。又如 Sokrates 之哲學，Euripides 之悲劇，皆思想獨絕，不合流俗，Aristophanes 亦以曲刺之。作曲曰雲(Nubes)，言有少年從 Sokrates 學．而益流於惡．其父怒．欲火其居。又作曲曰 Thesmophoriazusai，以嘲 Euripides。雅典舊有立法祭(Thesmophoria)，婦女共祀地母．男子不得與。劇言婦人以 Euripides 多寫女子惡德．因於祭日共謀所以報之。Euripides 使其妻父變服往偵．事敗，執付法吏．Euripides 潛定計，與妻父共吟所作曲詞爲號．乃得脫。及 Euripides 死，又作蛙(Ranae)，言三子卒後．Dionysos 苦岑寂．遂至幽冥之國,召一子返,而 Euripides 與 Aiskhylos 爭不決,乃共角技,Aiskhylos 卒勝。Aristophanês 之劇,雖意見偏執,攻難思想新潮甚至,而能以美妙之詞,飾荒唐之想,故亦有足觀覽者。晚年所作 Plutos 一劇,則寫社會情狀,不專刺當時政事,合唱亦益少,已與中期喜劇相近矣。

中期喜劇約起於四百年頃。結構視古劇爲整,其所譏刺,多爲古代神話與當世詩人。及後寫日常之事,遂變而爲近期喜劇,Menandros 最有名。所作劇百數十種。今止存斷片六章,多以愛戀爲材。劇中人物,如嚴父蕩子,巧婦狡奴,皆世俗所常有。古劇所刺,多爲時政,或涉個人,而新劇則言風俗人情,更爲溥遍矣。希臘喜劇,至 Menandros 而完足,猶 Euripides 之於悲劇。唯 Euripides 之後,更無嗣響,遂至中絕,而喜劇獨傳,流澤於後世戲曲者,甚非尠也。

第六章　文

十三　凡文學發達，皆詩先於文，希臘亦然。頌禱之作，利用永歌，記事抒情，則便於記誦，又得委曲寄意，非散文所及。即 Solon 之政見，Anaximandros 之哲學，亦無不託之詩歌。散文之用，限於日常人事，以達意記數而已。今金石刻文，猶有遺留，多爲神社中物。有禁約，詛詞，因果災祥之紀。又有巫覡題名，或加敍述，變爲紀年（Hôroi）。神話之外，又有故事（Logoi）流傳，其事近於傳說，而所說非英雄；近於小說，其人又多實有；唯今俱不傳。及哲學漸盛，思想發達，學者乃以散文著述，如 Herodotos 之史，Platon 之問答，皆是也。

Historiê 一語，今但以指歷史，原義則云學問。本其所知，筆之於書，無論歷史地理，博物哲學，皆得以 Historiê 稱之。Historikos 者，求智之人，Philosophos 者，愛智之人。雖一重事實，主於蒐訪，一重眞理，主於研究，而其業相通，爲哲人（Sophos Aner）亦相等也。故其初歷史哲學，不立區別，至四百年頃，始明辨之。唯並爲求智之學，故文亦務求明晰，散文於是興盛。唯紀述學問，而仍兼藝文之美。故歷史哲學，於希臘文史中，亦占重要之位置，蓋不僅以古見珍也。

十四　史家最早者，有Hekataios，著地志，多爲Herodotos所稱引。Hêrodôros 取古代傳說，加以研究，爲之解釋，如後代歷史神話學派之業。謂 Prometheus 本 Skythia 君長，居鷹水之次，會水汎濫，人民以爲長上不德所致，遂囚之。Herakles 治水功成，乃縱之云。著書已逸，今僅存斷片。其說雖未能當，唯天災流行，罪其君長，本於元始民俗，非出意造。當時哲學者，於古代神話，已多疑難之詞，Hêrodôros 欲依據理性，攷徵事實，以治古史，亦此新精神之一代表者也。

Herodotos (482－425) 世稱歷史之父，居小亞細亞北，以國事遁居雅典，與 Sophokles 友。作史紀波斯之戰，後人取詩神名，分之爲九卷。其書記大戰本末，而舊聞逸事，雜入其中，第一卷敍波斯克 Lydia，卽附記 Lydia 故事(Logoi)。二卷紀征埃及，四卷北征 Skythia，南征 Libya，五卷征Thrakê，亦然。末三卷始言 Xerxês 攻希臘敗歸事，言極詳盡。故事則得自傳述，類多神異，蓋作者亦唯寫錄聞見，未必遂盡信之也。Herodotos 生於邊塞，長而浪游，過歐亞非洲諸地，閱歷既多，識見益廣。愛其故鄉，而對於異邦文化，亦能鑒識，不沒其美。生平流亡困頓，而歷游各地，從容探訪，世多以爲異。或傳其曾說書於雅典諸地，又據 Diyllos 說云，雅典政府曾以二萬五千金酬 Herodotos。蓋 Herodotos 爲 Logopoios，蒐訪故事，當衆陳述，如行吟詩人所爲，故得藉以自給。觀察所得，關於列邦情勢，多足資當局之參攷，故予以多金，則不僅爲作史之酬而已。Herodotos 對於宗教，頗有汎神思想，不以人神說爲然。唯紀事多循俗說，蓋由業爲 Logopoios，勢不能忤世以自取咎責。觀其記波斯宗教，頗有稱許之詞，可知非偏執一義，輕信先說者矣。

Thukydides 之生，去 Herodotos 才二十年，而著作逈異。Herodotos 史書，多載傳說，類於說部，Thukydides 作，則體例謹嚴，純爲統系之歷史。Thukydides 生長雅典，受學於當世大師 (Sophistai)，故文詞華贍，思理清澈。Peloponnêsos 戰爭，Thukydides 身與其役，遂作史八卷，敍述顚末。次序井然，語必徵實，凡神異之事，傳聞之詞，皆置不錄，意在資攷鏡，而非以廣異聞。Herodotos 作史，於勝負之數，恆歸之天意，故謂波斯之敗由於驕盈。Thukydides 則俱以爲人事，雅典之敗，初非 Nemesis 之見責，而實人自爲之。蓋 Herodotos 猶爲文士，Thukydides 則已有學者風度。其後 Xenophon (434－354) 作 Hellenika，意欲續 Thukydides 之史，然不能及。Xenophon 曾受學於 Sokrates，而哲學非其所長。初從波斯王子 Kyros 攻其兄 Artaxerxes，後 Kyrok 戰歿，將帥皆被殺，Xenophon 遂率兵歸希臘，作 Anabasis 紀其事，最爲世所稱。Sokrates 卒，弟子 Platon 輩力以文字釋辯，Xenophon 亦作 Memorabilia 記其師言行。又有 Oikonomikos，用答問體，以論家政。Kyropaidia 者，假爲波斯先王 Kyros 外傳，記幼時受學情狀，而實以自寓教育意見。大要取材於斯巴達，又傅以東方采色，故非正史，亦非小說也。Xenophon 本非文人，唯以餘力著作，又率模仿當時作者，不自成家，然文章簡明優雅，後世多師法之。

十五　五世紀末，雅典辯學大行。蓋議院論政，或法廷對簿，非有辨給之才，不足以動聽聞，申枉曲。當時乃有 Sophistes 以教授修詞學爲業，輔以天文地志，形數政治諸學。別有 Rhêtôr 者，猶後世律師，業爲人辯護，雖律禁代言，唯兩曹可預乞人爲辯詞,自陳述之,後或刊行,以自表白。又或委身國事,吐其雄詞,有所激獎,或以自理,如 Dêmosthenes,則已爲政治家,非復尋常辯士矣。今所傳希臘演說,大抵可分三類。一以文章爲主,可爲後人模式者,多先世之作。二私家案牘,辯士代作,爲兩曹所刊行者。三著者一己之作,以發表政見,或譏彈辯解,皆是也。

希臘演說之發達,與散文變遷,極有關係。先世著作,多尙藻飾。Thukydides 作史,文句艱深,Antiphon 過於凝重,Gorgias 偏於妍麗。Lysias 爲人作狀詞,善能體會性情,與之適合,陳詞說理,皆極自然,足令敵者抗言,相形見絀,其文已近簡易。至 Isokrates 而大成,立美文之標準,自羅馬以至近世,無不蒙其沾漑。Isokrates (436－338) 初從 Sokrates 等哲學者游,及父卒無所依,乃學於 Gorgias,爲人作訟詞,并教修詞學以自存,後至雅典,設塾敎哲學。唯所重非 Philosophos 之玄理,亦非 Sophistes 之詭辯,旨在修養心性,養成正解明辨之力。雖 Platon 有界石之嘲,以爲兩無所可,而勢力頗偉,後世文人學者,多出其門。Isokrates 著作,今存演說二十一,尺牘九篇。唯生平未曾親演,但刊布之而已。

其政見則欲希臘聯合馬其頓以抗波斯,與 Dêmosthenes 正相反也。

Dêmosthenes (383－322) 七歲喪父,保傅共謀奪其貲,Dêmosthenes 蓄志報之,遂學律。及長,訟得直,追還舊貲,而所存已無幾,因業辯士。唯行事正直,不如 Hyperides 等之參與 Hetaira 案件,尤力避 Sykophantes 之務羅織。凡所致力,乃在政治,欲聯合希臘以拒馬其頓。Isokrates 弟子 Aiskhines 則力與抗。Dêmosthenes 之政策,純由愛國。Isokrates 則欲外用和平,內行改革,財力困窮,民生過庶,募兵海賊,橫行國中,凡此諸患,皆可及此驅除。及 Khaironaia 之敗,Isokrates 絕望自殺。二國雖構和,而 Dêmosthenes 圖報之志不稍懈,亞歷山大既卒,希臘舉事復敗,Dêmosthenes 仰藥死,Hyperides 被殺。後世論史者,或於 Dêmosthenes 有微詞,第亦成敗之見而已。Dêmosthenes 嘗謂雅典人曰,君等爲一國之自由與平安而戰,萬無曲理,光榮所在,寧止勝者,可以知其人矣。

第七章　哲學

十六　希臘哲學,自成部屬,宜若分立,不隸於文學史中,唯其始初,本亦 Historiê 之一部。愛智之士,致力學問,以求知慧。蒐訪人類之已事者爲史家,研究萬物之現象者爲科學家,探索宇宙之起源及成分者爲哲學家,所事不同,旨則無異。且古代哲人多以詩傳寫思想,其源出於 Hesiodos,如 Xenophanes 等是。若 Empedokles,則已純爲哲學詩人。至 Platon 用答問之文,抒其絕學,固亦文章之上乘也。

希臘古代哲學,最早爲 Miletos 派,爲之首。六世紀時,希臘文明,以 Ionia 爲最盛,而 Miletos 又其中樞。Thales 嘗學於斐尼基埃及,預測五八五年之日食,爲世所重,與 Solon 同爲七賢之一。又棄神話開闢之說,求宇宙起源。以爲地浮水上,而定溼(Hygron)爲萬物本,與希伯來舊說相似。又以爲萬有皆神,磁能吸鐵,故有性靈,以生力爲神,與物質相合而成世界。Anaximandros 承其說,唯以自然無限(Apeiron)爲萬有本原,移動分離,成諸形質,盛極而衰,復歸於故,以明萬物生滅之理。Anaximenes 則卽以無限爲氣 (Aêr), 因凝散而生寒温,化生水火。其說甚近,唯物論,於後世思想,至有影響也。

Miletos 派哲學, 出於學問 (Historiê), 故與宗教分離. 且其學說.恆與國民信仰違迕。Pythagoras 派,則以哲學而與宗教接近,別成一家之言.蓋合 Miletos 派學說.與 Orphism 之信仰而一之者也。希臘古時, 自有密宗儀式 (Mysteria), 以祀地母,祔以 Korê 與 Dionysos,演 Persephonê 之去而復歸.以象四時代謝。Korê 者,義云處女,蓋言春時.或爲新穀。Dionysos 來自外邦. 本爲生氣之精靈, 則象以小兒. 以爲 Korê 之子。後分立自成 Dionysos 之祭.唯本旨故無異。Korê 之往而復返. 與 Dionysos 之死而更生, 本皆以表生氣之盈虛.實祈年之儀式。然影響及於民心, 益以堅其死後生活之信仰。此地下諸神(Theoi Khthnioi)之崇拜,初祗行於民間。至六世紀時.民主之政漸盛,此風亦益長。又值波斯西侵.禍亂相續.人心厭苦現世,希望未來。凡恐懼憂危之世,恆爲宗教發達之機.故 Dionysos 遂爲民衆歸依之主神。Onomakritos 乘 Peisistratos 提倡宗教時, 編訂歌頌推行之,而歸其名於神代詩人 Orpheus。其教謂靈魂不滅，死後歸於幽冥。古之正人 Rhadamanthys 等，判決生前行事，善入往者原，惡者入地獄。唯亦可淨罪，以求解免。雖占卜符祝，漸流於迷信，然足以慰安人心，使有依附，其效甚大。靈魂永存，故死不足畏。蓋死雖爲此生之終，又卽他生之始。唯他生之苦樂，又依此生之善惡而定，故清淨之生活，至爲重要。此 Orphism 之教旨，亦卽爲 Pythagoras 實踐道德之所從起也。

Pythagoras 生於 Ionia，講學於南意。其學主靈魂不滅，與 Orphism 同，又信東方輪迴之說，別立宗派，設戒律，與其徒共持之。唯其教專重身心具足，故亦不廢學問。Pythagoras 以數爲物元。數有奇偶，卽有限無限之別，二者相距，而復協和，以合於一。Pythagoras 自稱愛智者(Philosophos)，而實又密宗信者 (Mystes)，故行事特異。後世傳其奇蹟，則頗流於怪誕也。

Xenophanes 本 Anaximandros 弟子，遷居南意，故爲 Elea 派開祖。其初行歌各地，爲 Rhapsoidos，而不信神話，以爲後世僞造。稍變師說，卽以自然無限爲神，渾然純一，無有終始。嘗作史詩及 Elegoi 二千首，Peri Physeôs 一篇，爲述學之作,其徒 Parmenides 亦作是詩,今俱不傳。Parmenides 亦 Elea 人,行業堅苦,與 Pythagoras 派相類,而不取二元之說。以爲道立於一,物皆自存,不生不滅,亦無變化。存者自存,亡者自亡,不能由亡以至存,亦不能由存以至亡。大道唯一,而品物殊形者,乃由知覺欺罔,故生分別。Zeno 繼之,著書攻多元說,亦 Elea 派鉅子也。

十七 Herakleitos 講學,謂萬物原於一,本無終始,與 Parmenides 同,唯以變動不居爲世界之原則,則正相背。萬有本元,俱歸於火,化生庶物,歷諸轉變,復與元行合體。其說頗類 Anaximandros。又取 Pythagoras 二元說而演正之,以爲物有抵拒,而後有協和,凡諸分別,悉由比量。善惡相須,終合於一,故又以爭爲宇宙大法,萬物所由出。水火相克,而復相生,生於垂亡,衰於極盛,自然之神化蓋如此。Herakleitos 以性靈爲不滅,唯與火相幷合,故異 Pythagoras 派。其詆毀神道之教,與他派無殊,而於 Orphism 尤甚。

Empedokles 世多傳其奇行,類 Pythagoras,或謂仙去,毀之者則云投火山中,自滅其跡以欺世。其信仰頗近密宗,自謂前生歷爲人獸禽魚,唯講學則粹然學術,不涉於迷信。嘗學於 Parmenides,亦謂宇宙無終始。唯又取 Herakleitos 變化之說而貫通之.以爲世有四行,爲萬物根,卽氣水火土。純一自存,不能迭化,唯緣愛憎之力,而生分合,聚則成.散則滅.聚散半則變。其說視前人稍進,所著哲理詩 Physika 卽闡發此義,而淨罪(Katharmoi)一篇.則神祕思想之什也。

原子說(Atomism)創於 Leukippos.成於其徒 Demokritos。Leukippos 師事 Parmenides,唯以爲有存亦有亡.實體之外.皆爲虛空。實體爲物.極微而無限.充塞宇宙,個個分離,中間虛空.而自體純一.不可分割.故名 Atomoi,結聚成形,相聯絡而不幷合.終復分散.歸於太虛。Anaxagoras 之說,與前二派相似,而更有進。萬物化成.由於物質.亦曰物種.其類衆多,不限於四行.亦異於原子。金石骨肉.各自有其質,差與後世元素相類.其一爲心意(Nus).等爲物種,然特精微.且能自動.運化諸質.令成萬物。Anaxagoras 又明日月食之理;以日爲石.運行迅速.因生光熱.其大殆如希臘半島;月爲土塊.映日有光云。Anaxagoras 初居雅典.或以爲毀謗國教.將罪之,亡去得免。

Sophistes 今稱詭辯派.本爲哲人之稱.Protagoras 始用

是自號，以教人德業爲事。雖重在實踐，言行並修，及其末流，乂或騖於文詞之末，唯當時大師，其思想亦多精微。Protagoras 著書，嘗題端曰，神之有無，予所不知，人生實短，蓋不足解此難題。雅典人乃流之，幷火其書。Protagoras 又以爲是非限於主觀，故無一定之標準，其言曰，人爲萬物之度量。凡諸理智，唯有比較而無絕對，懷疑思想，於此可見。Gorgias 謂道德由時代及社會而定，與此意正同。又作文論虛無，以難 Elea 派。雖名理雋妙，然已近於辨，至於後世，遂流爲言詞之戰(Logomakhia)矣。

十八　Sokrates(468－399)生於雅典，父爲石工 Sokrates 世其業。中年棄去，從諸大師游，後遂爲人師，而不受酬。貌不揚，時人以比 Silenos。行事特異，不以苦樂爲念。其說謂世無智人，人以不知爲知，唯己自知其不知，故神示以爲獨勝，唯絕待智慧，神所獨有，宇宙神祕，非人力所能測，故其學言人事而不言天道，言道德而不言物理也。其於宗教，雖主保守，而諸神之上，別立 Nus 爲造化主，統於一尊。其論道德，以爲善卽知識。人唯愚蒙，故生罪惡，若知善者，亦必行善。蓋善行卽益，故知行相屬。其教人多用問難，Platon 著作，卽襲其制。Sokrates 之教,重在改革道德,於政教別無破壞,然終不爲世俗所容。始於嘲弄,終於怨恨。三九九年 Anytos 等以非毀聖教,陷惑學子爲辭,訟 Sokrates, 請置重典。二次公判, Sokrates 皆不肯屈, 遂定罪, 仰藥而死。初 Anytos 爲鞣皮工, 其子逃亡, 從 Sokrates 游, 終乃沈湎於酒。Anytos 從軍,再建民主之治,追念前事,而 Alkibiades 與 Kritias 等爲國人所深惡者,亦皆 Sokrates 弟子,故深信其爲世道大害,務欲鋤而去之。Sokrates 雖不立新說,而後世學術,多由此出,又以身殉其學,益足起萬世之景慕。Platon 作Phaido,記臨終情狀,世謂之最偉大之悲劇,良有以也。

Sokrates 不自著書,今唯於 Platon 著作中,得見大意。Platon (427－347) 本貴介子弟,多才藝。著有短歌,咏星一章,至今爲世傳誦。年二十,始從 Sokrates 游,前後八年,以問答體作文八篇,然非以講學,蓋擬曲 (Mimos) 之一類。時 Epikharmos 與 Sophron 方以是名世, Platon 愛誦 Epikharmos 之詩,每寢必置枕下。其Llakhes 等篇,則仿Sophron,以散文爲之也。及 Sokrates 死,Platon 心境頓變。多作答問,爲師辯解, Apologia, Kriton 與 Phaidon 皆是。其宴集Symposion 一篇．尤傑出，記 Apollodôros 爲 Glaukon 述詩人 Agathon 之宴．以寄懷舊之情。眞美之愛出於一本之說，亦於此見之。是後著述甚多．今存四十二篇。有 Respublica 記理想國制度，後人多仿作之．其影響於思想，力至大也。

Aristoteles (384－322) 者，Platon 弟子。父嘗爲馬其頓王御醫．亞力山大少時．因從 Aristoteles 學。及東征，Aristoteles 遂至雅典，講學於 Lykeion，無學不窺，公私著述，凡千卷，爲後世學術源本。今世所傳，多門下札記之本，故多叢雜。唯雅典法制攷及詩學．蓋自作。詩學已殘闕．僅存悲劇之卷，甚多精義。羅馬詩人 Horatius 本其旨，作詩法 (Ars Poetica) 一書．爲後世所重。至十七世紀，風靡全歐，奉爲文章軌範也，

第八章　雜詩歌

十九　希臘文學,自 Demosthenes 卒後,稱衰落時期。凡文學發達,與政治宗教,繫屬極密。馬其頓既勝,希臘施政由人,宗教亦隳廢,舊日信仰,漸爲外來波流所并,轉入迷信。文藝之事,因之不振。且言文分歧,終趨於異,文人顧守古語,用於著作,表現情思,不能自然,又不能直攖人心,振發感興,故其行亦不遠,是亦衰落之一因矣。時希臘俗語,唯用之簡牘契箚。逮馬可等作福音書(Euangellia),志在通俗,乃用以著述。簡潔樸雅,爲世所師法,其影響隨基督教而及全歐。現代希臘語,亦卽從此出也。

三世紀後,希臘詩歌,更無鉅製。時世變易,亦不復有英雄盛事,足供讚頌。人人所見,止現實之人世,若過去光榮,早成幻景,故史詩凱歌,遂絕嗣響焉。Apollonius 作 Argonautika,雖獨賡墜緒,而不爲世所賞。盛行於時者,乃爲短歌(Elegos)與詩銘(Epigramma)。二者起源本古,至是彌益發達,臻於美善,爲後世模範。Philetas 生三世紀初,以豔歌名世。題集曰 Battis，蓋其婦名也。同時有 Asklepiades，亦有名，詩選 Anthologia 中存詩數章。Kallimakhos (285－247) 初學於雅典，後爲亞力山大府圖書館長。致力於文字之學，著書八百卷，今唯存 Epigrammata 耳。詩銘者，本冢墓造象之文字，Simonides 稍變其體，唯仍多傷逝之作。Kallimakhos 則以戀愛爲之主，選者評爲 Myrtos 之花，中滿淸蜜，而Simonides 之作，則比之於蒲陶也。

Theokritos (315－270) 亦撰詩銘十三章，然以牧歌 (Eidyllion) 著聞。古者 Artemis 祭日，牧人作歌相競，後人模擬其式，因稱Eidyllion Bukolikon 或Eidyllion Aipolikon。唯所歌亦不盡關牧事，故或釋 Eidyllia 爲小圖畫。描寫物色，以及人事，詩中有畫，論者或以是與浮世繪 (Genre) 相比。Theokritos 作共三十章，寫牧人生活者止十章，六爲小史詩，六爲抒情之歌，四爲偶作，四則擬曲也。其行事已不可考，唯卷首小傳，言是 Syrakuse 人，父名 Simikhidas，又據詩銘云 Praxagoras 與 Philinna 子，則 Simikhidas 者蓋別名耳。嘗學於Philetas 及 Asklepiades，以牧歌名世云。Syrakuse 之地，山川縱橫，物色至美，終年受朝日之光，萬物欣欣向，榮。牧人傍榆柳之陰，吹管吟詩，訴其哀怨，或歌吟角技，以樂佳日。後世或疑非實，然證以現代民謠，文情頗多相似。第三章懷 Amaryllis 之歌，至今猶不絕於人口。第十章刈禾人吟，則或迻錄所聞，非出創作，亦未可知也。第二十一章記漁夫夢得黃金之魚，寫水上辛苦生涯，稍帶暗淡之色，爲集中唯一之作。第十五章名 Adônizusai，記二中流婦人至亞力山大府觀 Adonis之祭，詼諧美妙，兩至其極，爲擬曲傑作，法國至演以爲劇。尤最者爲第二章，Simaitha 見棄於 Delphis，因對月詞禁，招其故懽。文美而眞，悲哀而詼詭，深入人心，令不能忘也。Theokritos 後，有 Biyn 與 Moskhos 繼作。Bion 略與 Theokritos 同時，後爲仇家酖死，Moskhos 以詩哀之。二人之作多散逸，今存 Bion 七章，Moskhos 九章而已。

二十　Mimos 亦云 Mimiambos，今稱擬曲。源蓋出於宗教儀式，與喜劇同。Aiskhylos 佚存文中，言 Thrakê 山母之祭，管絃嘈雜，和以空鐘(Bombykes)。遠在山間，聞 Mimoi 聲如牛鳴，擊鼓象地下雷音。蓋本祈雨之儀，祭者變服塗面，用諸法器，模擬事物，以求感應。Dionysos 祭，亦有空鐘陀螺(Rhomboi)牛鳴板(Kônoi)等，然後世則列之玩物，失其本意矣。Mimoi 初蓋類於巫師,後漸轉變,止存模擬之動作,更無祈求之意,遂流爲詼諧戲謔,正如 Kômoi 之始於村社而化爲喜劇也。五世紀初,Epikharmos 以 Pythagoras 派哲人著喜劇,又作擬曲,寫民間日常行事。Sophron 繼之,所作曲分男女兩類,其子 Xenarkhos 則用以諷刺時政,今悉不傳。唯 Platon 答問及 Theokritos 牧歌中,各有數章耳。Hêrodas 著作亦逸,僅存斷簡二十餘行。至一八九一年,英國 Kenyon 博士發掘埃及古跡,於沙中得蘆紙一卷,錄其擬曲,凡存完具者七篇。由是 Hêrodas 始復聞於世。其曲皆用跛體 (Kholiambos),故文辭不能與 Theokritos 比美,而實寫人生,至極微妙。第一章之媒媼,第三章之塾師,皆躍躍有生氣,雖相去二千餘年,而讀其文者,乃覺今古人情相去不遠。第三章記妓寮主人訴麥舟舟子,則模擬辯士口吻以爲刺。Herodas 於諷刺詩,亦有深造,自言詩神命之續 Hipponax 之跡也。第四章言醫神 (Asklepios) 之祭,可與 Theokritos 之 Adônizusai 方駕。第六章記二婦人私語,雖不過商量服飾譏訶奴婢之詞,視若平澹無奇,而文情生動,爲世希有,論者以爲集中之最。Herodas 行事無可考,唯緣文中有兄弟神(Theoi Adelphoi)之語,知為三世紀人,約與 Theokritos 同時也。

二一 希臘詩選,最古者為基督百年前 Meleager 本。六世紀時又有 Agathias. 改編為第三本。二人皆能詩,亦自選其作。十世紀時,Constantine Cephalas 重訂之。至十四世紀,為東羅馬教士 Maximus Planudes 所得,多所減損,分類排比為七卷。君士但丁堡陷後,流入意大利,遂印行,通稱 Florilegeum。迨十七世紀初,或於古籍中得 Cephalas 原書,乃行於世,是為詩選最善本。所錄上起 Sappho,下及並世作者,其行事多已湮沒不可考,唯於此書中,僅存姓氏,與詩俱傳而已。Meleager 序自言為此,譬如采集百花,編為花冠(Stephanos),以獻其友 Diokles,故稱 Anthologia,猶云掇英集。後世因仍其名也。

詩選中錄 Sappho 詩銘三章,Meleager 所謂花雖不多皆薔薇者也。其一誌漁人曰,漁人 Pelagon 父 Meniskos,以笭箵與櫂置壠上,為辛苦生涯紀念,世稱墓銘上乘。Simonides 之誌斯巴達國殤,尤為世人推重。Platon 詠星之外,有 Lais 獻鏡一章,亦至有意趣。英國 Garnett 博士譯之曰;

Venus, from Lais, once as fair as thou,
Receive this mirror, useless to me now;
For what despoiling Time hath made of me
I will not, what he marred I cannot, see.

Theokritos 詩銘二十三章,多佳製。哀 Kleonikos 之死曰,人其稼穡終生,無以不時遠游,惟人生實短。嗟汝Kleonikos,欲得肥饒之地,乃載汝貨,發自敘利亞,於大梁 (Pleiades)降時浮於海,亦與大梁共沈於海。又題 Kaikos 錢肆一章亦極妙。同時有 Leonidas,多詠海上生活。漁父 Theris 依水爲生,有如海鳥,風波不能驚。終乃安眠茅舍之下,如鐙之膏盡而火息,別無婦子,但有火伴爲造冢。言短意長,可與 Theokritos 第二十一詩比美。又詠紡女 Platthis,亦至悲涼。朝夕紡績,拒飢寒於戶外,或織作達旦,歌以破睡。至歲月盡而勞作亦畢,乃以八十之齡,見幽冥之川水(Okheron)。其詩才似 Theokritos,思想則與 Simonides 相類。所見人生,多爲努力苦鬥之一面,而終之以永久之安息。詩所謂人當勇往以求往者之國,其道不遠,坦直浩蕩,無攀踰之勞,迷失之患,雖閉目而行,亦必自達也。美國詩人 Longfellow,嘗謂 Anthologia 爲世間悲哀之書。花冠半萎,青燈垂盡,歡愉之中,亦函哀傷之氣。而 Ieonidas 之作,蓋爲最著也。

Meleager 本敍利亞人,長居 Keos,故詩兼希臘東方之風,足爲當時文化精粹。詩選序言,以花喻詩,語多精妙。春時二章,歌咏物色,情思美豔,爲世希有。尤善作豔歌,嘗欲化而爲睡,得長守此眉睫,與 Platon 之咏星相似。又羨環履盃琖之得近薌澤,立意皆絕雋妙。至以懷思不寐,冀蚊蚋往擾 Zenophila 之淸夢。或招草蟲,令歌吟以解憂,酬以綠韭淸露。若蚊蚋得成此功,則當被以虎皮,手執白梃,比之古代英雄,其設想乃至瓌詭。所作誌墓傷逝諸篇,亦多哀豔之音。有 Klearista 一章,蓋哀新嫁而卒者。Andrew Lang 譯之曰。

For Death, not for Love, hast thou
　Loosened thy Zone!
Flutes filled thy bower, but now,
　Morning brings moan!
Maids round thy bridal bed
　Hushed are in gloom,
Torches to Love that led

Light to the tomb.

Meleager 序中，自比其詩爲早發之白色地丁（Ion），蓋謙詞，或指早年之作。唯選中又有其自作挽歌，則當爲後人續入者也。

Agathias 生基督六世紀時，與 Palladas 及 Antipater 皆以短歌有名。Palladas 謂人生如戲場，或笑或啼，各盡其技。又云，吾裸而入世，裸而出世，始終皆裸，何復勞勞爲。Antipater 亦云，先知星士，許吾壽三六，吾謂三十亦已足。人生過三十，便爲 Nestor，而 Nestor 亦已死矣。厭世思想相同，而及時行樂之意亦寓焉。Agathias 亦視死爲安息，然詩中較多懽樂之音，唯不及 Meleager 之強烈矣。所作有詩集桂葉一卷，今不傳。

詩選中無名氏作，頗多佳句。如 Sabinos 墓銘云，吾立此石於 Sabinos 墓上，爲昔日恩情記念。吾且求汝於死後，汝幸毋飲忘川（Lethê）之水。忘川者幽明之界，魂飲其水，則忘生前也。又贈乳香一章，Garnett 博士譯之曰；

I send thee myrrh, not that thou mayest be
By it perfumed, but it perfumed by thee.

最爲後世傳誦，仿作者頗多。至云Tarsos人Dion臥於此，六十不娶，幷望吾父之未娶也。則厭世之言，不異 Palladas矣。

第九章　雜文

二二　Theophrastos(372－287)家本寒賤，而性好學，因至雅典，游 Platon 之門。Aristoteles 繼起，復從之學，及 Aristoteles 卒，遺命代己講學於 Lykeon，大振宗風，弟子數及二千。學術著作，今悉散逸，唯存植物學及岩石志。又人品(Kharakteres)一卷，凡三十章，寫人間性格，如諂媚傲慢多言不平諸狀，皆至微妙。序言爲其友 Polykles 述善惡人品，而今所存，唯有惡德，蓋其序或後人所加，非原本也。凡所形容，旣能曲盡世態，又足見當時社會好尙，故甚爲今日學者所重。如第四章言傲慢者當盥浴膏沐，或就食時，不許人入，乃與後世禮俗殊異。又第二十八章，記迷信者見鼬過前，必俟他人先過乃行，或投石三以禳之。蛇出屋下，則以爲神，爲之設祭，皆與今希臘俗信相同。至謂不平者拾遺金，必曰吾前此未嘗有所得。多言者相見，輒述夜來之夢；歎古今人之不相及；市上麥賤；異邦人寓居者幾何人；二月海宴，可以行舟；天若時雨，當得豐收；爲言明年將自耕種，與人世之艱辛;地母祭日,Damippos 所供火炬,其大若何;皆宛然如生,稱全書中傑作,後世仿者甚衆。喜劇作者 Menandros 爲 Theophrastos 弟子,善狀人情,爲師所賞,嘗曰 Menandros 與人生,二者果孰相仿傚乎。若以此言轉貽 Theophrastos,正亦適合無間也。

Kebes 者 Thebes 人,Phaido 篇中有其名,謂是 Pythagoras 派哲人,亦從 Sokrates 游。後隱居故里,仿 Platon 作答問三章。其一曰圖册(Pinax),言游 Kronos 廟,覩一木榜,上有圖畫,莫詳其誼,有老者爲之解說,蓋以行道喻人生。Platon 稱 Kebes 爲 Philolaos 弟子,此文亦云,獻此册者奉 Pythagoras 與 Parmenides 之教,故其說多與二氏合,而以知識爲道德,則又承 Sokrates 之旨也。其後有 Phitostratos 作題畫(Eikones),敘畫景,别饒意趣。至 Longos 作小說,亦用此法,唯皆爲美文,與哲學之問答異矣。

亞力山大時代以後,散文著作,大抵爲歷史地志。Euhemeros 承 Herodoros 之說,以歷史釋神話。嘗於 Kretas 島見古冢,有銘曰 Zan Kronu,以爲卽 Zeus 之墓。Polybius(205—125)作史二十一卷,記以常言,與文人異趣。Plutarkhos

(46－120 A. D.)撰名人列傳，凡四十八篇．舉希臘羅馬古今人物事跡相類者，比較論之，爲後世所重。Pausanias 約生基督二世紀時，作希臘志，詳述古跡及風俗儀式，攷古者多取資焉。

二三　希臘小說，最先有 Aristides 編 Mitesiaka，時在基督六世紀前。其初多述古人逸事，藉作談助，與故事(Logoi)同。後或漸改面目，憑空造作，不必實指其人，遂由別史而成小說。蓋小說緣起，在於神話，始乃教典。轉爲傳說，言英雄事跡，誦之可知史實，亦可以供娛樂．後信念漸移，則化爲童話 (Märchen)，所敘重在事跡，更不問爲何人，是爲元始民族之小說。其變化之跡，正猶史詩之於彈詞 (Ballad) 也。今兒童傳說故事，多與古代及原人相同，緣其心理狀態，本甚相似。迷信，好奇，求娛樂，合此衆因，遂生神話，以至嬗變爲小說，其源甚古，希臘小說，亦同此例。今言最先者，唯以見於紀載爲據，若原書流傳，則已悉在基督紀元後也。

Aristoteles 弟子 Klearkhos 作 Erotika，今佚。基督一世紀時，Parthenius 作 Peri Erotikon Pathematon，列記故事．唯其意止爲後人涉臘之用，非由自造，所記事又不完。至三世紀後小說大盛，大都爲 Erotika 一類。唯有曰人或驢 (Lukias ê onos) 者一篇，成於二世紀初，殊自瑰異。同時羅馬 Apuleius 作變形記，亦記此事，自言仿 Miletos 派，蓋皆改造舊說，故本原相同。今觀人或驢，則古 Miletos 小說風趣，尙得約略見之。

人或驢相傳爲 Lukianos 作。九世紀時君士但丁主教 Photius 云，曾見 Lukias 所述志怪，爲 Lukianos 所從出，而今不傳，止有 Lukianos 本耳。Lukias 有親屬善幻，能變形爲鳥獸。因賂其婢，竊藥自塗，冀化爲鳥，誤取變驢之藥，因成驢。法唯食薔薇可解，而倉猝不能得，暫繫櫪中，羣盜夜至，併虜之去，轉鬻爲磨工園丁眩人所有，後諸患難。後於劇場見薔薇花冠，奔赴食之，乃復人形。近世學者或疑爲當時通行小說，非 Lukianos 作，以 Lukianos 著書，多含諷刺，此書則僅記奇事，別無寄託也。

Lukianos (125－200 A. D.) 本敍利亞人，學於雅典，遂留其地，授徒自給。作神祇問答，人鬼問答等，以嘲哲學者及古代神話。有漁人一篇，言諸派哲人謂 Lukianos 害道，召愛智女神問之，云實唯僞學爲害。遂集全國學者，公判於

Akropolis。僞哲學者相率踰垣遁去，有一犬儒派遺其佩囊，發視之，別無書物，唯金錢投子與薌澤而已。Lukianos 則倚垣垂釣，以一錢一無花果爲餌，行道貪人，多上鉤，故以是名篇也。又一文曰賣命，記冥王鬻諸哲人之魂。Sokrates 得値五千金，Aristoteles 値千，Khrysippos 能詭辯，才値五百。懷疑派 Pyrrho 蠢如蟦螬，以四十金售之，顧仍懷疑，謂恐未必已售，不肯從去。與信史言懷疑派聞往者原之樂，亦甚嚮往，唯終猶豫不果行者，同一惡謔。信史（Alethes Historia）者，Lukianos 所著唯一之小說，以古代詩人史氏言多不經，因擬作之。序言書名信史，而無一語非誑，已示其意。史述舟行八十日至酒神之島，爲暴風所卷，上升八日而至於月。方與日爭太白之島，血戰至雲爲之赤。舟復返海上，巨蛇吞之，遇老人父子於蛇腹中，共居年餘，挐舟自顋出。終乃抵往者原，古代名人皆在。留數日，發舟過沈淪之島，見 Herodotos 等以生時作妄語，受罪其中。書至是中止，云後當再言，蓋亦仿 Hêrodotos 體也。Lukianos 本異國人，故抨擊希臘宗教甚烈，或謂有基督教影響，亦未必然。Lukianos 著 Philopseudes 文中云，唯眞與理，可以已空虛迷罔之怖。則固亦當時明哲,非偏執一宗者可知也。

三世紀後小說,今所傳者,有 Xenophon 作 Epheusiaka。述 Antheia 與 Habrokomês 以違神命遠行,爲海賊所得,鬻於異國。王女悅 Habrokomês,而女夫亦欲得 Antheia,終復完聚。凡古代小說,大抵以悲歡離合爲主旨,中更患難,至極危迫,終藉神助而得解免。Heliodoros 與 Longos 作,亦復如此。唯一以結構稱,一以美妙勝,皆有特色。Heliodoros 生四世紀中,作 Aithiopika,言 Hydaspes 后 Persinê 妊時見石像,生女色白,棄之。有人收養,命名Khariklea,長爲 Apollon 廟祝。Theagenes 悅之,得 Kalasiris 助,挈之出。至其故國,爲王所執,將以祭神,而事得白,遂復合焉。相傳 Heliodoros 屬基督教,爲 Salonika 主教。此書成,教會令燬之,否或免官,Heliodoros 願取其次,終不焚書云。Longos 行事無可攷,或以其姓爲拉丁語長字,疑是羅馬人。唯所作 Lesbiaka,則以希臘文書之。通稱Tettares Logoi Poimenikon Kata Daphnin Kai Kata Khloên,結構殊簡,如棄兒海賊神助會合諸節,皆小說中常見。然善寫物色,又言情愛發生,亦純樸微妙,爲後世所賞。或稱爲希臘尚美主義最後之一人,蓋非溢美之詞,序言嘗至 Lesbos，見神女（Nymphai）廟中繪板，詢得本事，因記之，蓋猶題畫之風。又云，美若長存，目苟能覩，則人亦永無力以避愛神（Eros）之矢。讀 Longos 作，頗覺 Theokritos 餘韻，去人未遠。二人之咏 Daphnis，亦正相似。Lesbiaka 蓋詩人之小說，自有其不可及之處。五世紀時，Akhilles Tatius 作 Leukippê Kai Kleitophon，後又有 Khariton 作 Khaireas Kai Kallirrhoê，皆言夫婦離合之事。技巧有進，然優美之致，則遠不逮也。

第十章　結論

二四　希臘文化,爲歐洲先進,羅馬以來,諸國典章文物無不被其流澤,而藝文學術爲尤最。故言歐洲文學變遷,必溯源於希臘。雖種族時地,各有等差,情思發見,亦自殊別,唯人性本元,初無二致,希臘思想爲世間法之代表,與出世法之基督教,遞相推移,造成時代。世之論歐洲文明者,謂本於二希,卽希臘與希伯來思想,史家所謂人性二元者是也。物質精神二重關係,爲人生根本,個人與民族皆所同具,唯性有偏至,則所見亦倚於一端。故希伯來思想爲靈之宗教,希臘則以體爲重,其所籲求,一爲天國未來之福,一則人世現在之樂也。

英國 Frederick Robertson 論希臘思想,立四要義,曰一無閒之奮鬥,二現世主義,三美之崇拜,四人神之崇拜。今得合之爲二,曰美之宗教,曰現世思想,略言其要。蓋皆希臘古代之精神,而後世文藝思潮中,時或隱見,至近來乃益顯。新希臘主義 (Neo Hellenism) 之復興,實現代思想之特徵,至可注意者也。

希臘神話,內容美富,爲他民族所莫及。其尤異者,爲純粹之神人同形說(Anthropomorphism)。若依學術研究,溯其跡象,則緣起蓋在元始信仰,與野人無殊。遺俗流傳,尙多荒誕之說,間亦有以石片木橛爲神所憑依者。唯攷傳說及畫象之遺,則神之與人,形性並同,而神特更進於完美。與巴比倫埃及之神,人身鳥首,備諸異相者不同,與希伯來之禁拜偶象者亦異。今世所見希臘造象,如 Apollon 及 Melos 之 Aphrodite,皆極優美,蓋唯以顯理想之人體美,初無宗教象徵也。或問希臘彫刻家 Phidias,何故以人象神,則答曰,以天地間更無他物,具勻齊之美,過於人體故。此與 Elea 派 Xenophanes 之言,正可反證。德國 Winckelmann 著古代美術史,有言曰,世無民族重美如希臘人者。諸神之祭祀,皆以少年競美得賞者爲之。斯巴達婦人,恆奉 Narkissos 或 Hyakinthos 之象,求得子之美如之也。少年禱神,至寧得美而不願得國,可以知一世之風尙矣。Platon 亦以體美爲精神美之發現,宴集篇中,記 Sokrates 述 Diotima 言,以爲人唯愛美,乃能自一物以及衆物,自形色之美,以及美行美意,終乃至於絕對美。以美與愛，乃能導人止於至善。此實 Platon 美之宗教觀，足爲希臘思想代表者也。

希臘尙美，以人體之美，歸之於神。又重現世，故復以人生之樂歸之。其言天地諸神，飲食起居，不殊於人，愛恨爭鬥，亦復無異。基督教之理想人物，皆聖賢隱逸，而希臘之英雄，則如 Akhilleus 與 Herakles 智美武勇之士，具 Aretê 全德者也。Epikharmos 有詩，述人生四願，首卽富美。Solon 說幸福，以爲苟得支體強健，面目美好，子孫茂盛，無疾病災禍，以至善終，是爲全福，皆同此意。死後存在，雖所共信，然 Hades 之地，陰寒潤溼，悽厲無歡。死者委棄本形，止存幻影，精力銷亡，心意沮喪，聲微如蝙蝠鳴，無復人世之樂。故 Odysseus 入冥，見 Akhilleus 自言爲死魂之主，無寧居地上爲貧子之奴也。Pindaros 作挽歌，則云人世夜時，日出冥土，照臨賢者之上。郊原廣邈，是生薔薇，遍地皆赤。樹結黃金果，乳香之味，充塞四際。馳馬角技，或宴飲歌吟，各自行樂。其說雖與前者抵迕，而現世思想，實出一轍。Homeros 以死爲虛寂，故當努力於生時。Pindaros 則欲於死後，得復享現世之樂，往者原之說，正亦由此而出。至或云英雄賢士爲神愛寵者,不待蛻化,卽得身至其境,則意尤顯著矣。蓋希臘之民,唯以現世幸福爲人類之的,故努力以求之,逕行迅邁,而無撓屈,所謂人生戰士之生活。故異於歸心天國,遯世無悶之徒,而與東方神仙家言,以放恣耽樂爲旨者,又復判然不同也。

希臘思想,旣具以上二事,復有第三德以節制之,乃能發達極盛,不至於偏。蓋其民特具中和之性(Sophrosyne),以放逸(Hybris)爲大戒。行藏無不準此,因亦見於藝文。故其文學,有悲哀恐怖之情,而無凶殘之景。戲劇亦不明演殺傷事跡,僅以影寫出之。其在美術,尤以安閒著稱。如彫刻之象,多靜而少動。卽表動作,亦至微末,多旣事而非將事,皆足以見一斑。由此言之,則希臘民族,誠爲世界最有節制之民族也。羅馬繼興,承其文化,而不能具其德性,故不免於頹廢,終又爲希伯來思想所克。中世傳說,耶穌降生之夜,行人過南意海峽,聞有呼者曰,大神 Pan 死矣,俄而號哭遍於山野。人神(Mangod)旣逝,神人(Godman)代興。至三二五年,羅馬皇帝 Constantine 乃定基督教爲國教焉。Julian 學於 Maximos,治 Neo-Platonism 哲學,及卽帝位,欲復希臘古教。

三六三年，親征波斯，歿於軍中，志未得遂。四一五年，基督教徒襲殺女哲學家 Hypatia 於亞力山大府。希臘思想，於是中絕。更越千載，乃復發現，爲文藝復興主因，至於今日而彌益盛大也。

歐洲文學史第二卷
羅　　馬

第一章　起　源

一　羅馬文章與希臘者並稱古典文學，爲後世藝文模範，唯精神有絕異者。以一語括之，則希臘爲尙美，羅馬爲崇實。故羅馬文學，大都樸質無華，無 Homeros 之史詩，亦無 Sappho 之豔歌，非力才不相及，實氣稟殊異，有以使之然也。凡民族發達，率由游牧進於稼穡，復以家族爲本元，建立部落。是故國民道德，首尙雄武，羅馬所謂 Uirtus，與希臘之 Areta 正同。唯希臘諸邦獨立，相聯合而不統一，其在個人，亦多自由之氣。羅馬則結爲一國，凡諸國人對於國家，正猶家族之從家長，故特重義分，所謂 Pietas 之德，蓋羅馬所獨具。草昧之世，人民與天物抗爭，復禦仇敵，以保其生，多歷辛苦，羅馬民族，感此甚深，乃成厚重之性格 (Granitas)。合是數者爲民德，故主保守，重秩序，而尙實用。Cicero 論希臘羅馬國民性之差違,以爲學問知識,希臘爲長,唯於治術,羅馬獨有其不可及者,所舉厚重果毅弘深誠信諸德,良足爲之代表。蓋羅馬事業,本在政治一端,繪畫彫刻,大抵模仿希臘,文學亦少獨創之美,唯能隨在不失其國民性,故亦自有羅馬之特色也。

羅馬崇實之風,亦見於宗教。其神話傳說,雖多受希臘影響,而根本思想,截然不同。美之宗教,非羅馬人所能喻,抑亦爲所不取,故所重者,止在爲政治道德之繫維。神人關係,猶家長之於宗子,神責人以從順,人亦求神以佑助,各盡其分,歸於兩利。如希臘哲學,純以求知爲本,羅馬則重致用,其優禮哲士,所取乃在決疑解惑之功,非以談玄爲貴,其於宗教,亦猶是也。羅馬神話十二大神,與希臘諸神,適可相當,如主神 Jupiter 其妻 Juno,其子女 Minerva(工藝女神)Vulcanus(冶神)Apollo(音樂之神)Diana(佃獵女神)Mercurius(宣傳之神)次之。Ceres 即地母,Neptunus 爲海神,戰神曰 Mars 愛之女神曰 Venus。希臘之 Eros,則爲 Cupidon,小兒有翼持弓矢,狀貌悉同。最末有 Vesta,爲竈火之神,希臘云 Hestia,凡祭必先祀之,羅馬崇奉尤至,蓋家庭之主神也。唯此衆神(Di Consentes)乃皆後起,民族所奉,本爲耕種牧畜之神。有 Saturnus 與其妻 Ops,司播種收穫,後世舉以配希臘之 Kronos 與 Rhea,唯希臘僅以象宇宙,與農業祖神大異。次有園圃之神 Vertumnus,果神 Pomona,花神 Flora,蒲陶之神 Liber,其妻 Libera 幷司百穀。山林之神 Silvanus,田野之神 Faunus,爲 Saturnus 孫,其妻 Fauna,稱善惠女神(Bona Dea),司百物生長,崇奉最至。牧場神曰 Pales,養馬之神曰 Epona,降至畛畦有神 Terminus,糞壤有神 Sterculius,則皆爲羅馬獨有之思想,因重農而出者也 Herakles 之在希臘,高貴武勇,爲國民理想之英雄。羅馬之 Hercules,則爲圍場(Herctum)之神。卽此一端,二者之差可見。自然現象之人化者,如日 Sol 月 Luna,啓明星 Lucifer,曙 Aurora 等,略與希臘同、亦信死後存在,而幽冥別無定處,亦不言主者何人。唯謂人死由 Orcus 爲政,魂歸地下,故地母(Tera Mater)稱善女 Mania,鬼祖母(Avia Larvarum),亦曰沈默女神(Dea Tacita)也。民間以時祀其先靈,不異生人。今讀墓志文,多以爲永久安息,蓋以死爲長眠,至 Hades 傳說,亦行於世,唯本出希臘,非故有者也。

二　羅馬文學,始於韻文,而獨無史詩。古時甚重挽歌,又Cicero言,羅馬宴集,恆歌頌先人事跡,佐以簫管,皆足爲史詩基本。第所歌爲先世功烈,而非國民傳說,故不能流行民間,其歌亦悉湮沒。今所存最古之作,唯有頌歌而已。羅馬三月(Martius)爲戰神之月,祭師擊盾,歌踊以祈神。所謂踊者之歌(Carmina Saliaria),猶散見古籍中。唯宗教儀式,篤守舊章,歷世傳授,彌復訛闕,至歌者亦自茫然莫明其意。且羅馬人之宗教觀念,與希臘異,其舉行祀典,但依法定儀文,盡其職分,以待神之報施,不盡本於靈感。故歌辭自闕深摯之情,於後世藝文,亦少影響唯以時序言之,爲最古耳。

希臘喜劇起於村社,羅馬亦然。其悲劇一支,純出希臘,喜劇發達,亦多受外來感化,然自有本源,非全由於移植。原始喜劇,約有三種。一曰禁厭曲(Fescennini),二曰雜調曲(Satura),三曰Atella曲(Fabulae Atellanae)。禁厭曲之起最早,多行於秋收或釀熟時。村人聚宴爲樂,以歌互嘲,更迭唱和,作諸姿態。原意蓋在禁厭,非以嘲笑爲樂。凡喜樂慶幸之事,易招羡妬,爲『惡眼』所中,故必有以禳之。凱旋及婚嫁時,皆須此曲,命意亦同。古以爲褻瀆之詞,力能破除不祥。

Fascinum 一言,卽禁厭曲之名所從出,又云木刻生支,小兒縣之頸間,謂可辟邪祟也。

雜調曲之字,源於 Satura Lanx, 誼曰滿盤。Ceres 與 Bacchus 祭,農人獻新果,或諸穀食,雜和而奉之。後引爲曲名,言其歌舞笑敖,聲音厖雜也,Virgilius 田功詩中,言 Ausonia 人民戴木皮假面具,放歌狂笑,以頌酒神。蓋與禁厭曲相似,又嘗用以攘疫,唯結構,較爲完善。及希臘文化興,遂不復演,唯文人或仿作之。是後發達,成諷刺詩 (Satira),爲羅馬特有之文藝。一篇之中,詩文雜出,詩之韻律亦前後不一,蓋猶存雜調餘風矣。

Atella 曲以地得名,至基督前三世紀時,始流行於羅馬。其先視優伶爲賤業,以奴爲之,不得預外事,至是而名門子弟競習其事,不復以爲辱。是曲多演民間滑稽行事,人物類型,約有四種。一曰癡騃 (Maccus),二曰髦夫 (Pappus),三曰夸者 (Bucco),四曰狡叟 (Dossennus),各有面具,表示性質,有後世分配脚色之風。後經文人改作,益復發達。曲詞雖多散逸,唯觀其篇名,如癡騃爲兵 (Maccus Miles),癡騃爲女 (Maccus Virgo),髦夫爲農 (Pappus Agricola),二狡叟 (Duo

Dossennus）等，猶能想見其詼諧之精神也。

羅馬散文最早者，為十二章法典。基督前四五一年，始立十章，次年又益二章，並鐫銅以示公衆，世稱公私法律之源泉。其文至古拙，羅馬少年入學，必誦此文，至 Cicero 時猶然，影響於文學者甚大。羅馬國民性格之養成，於此文亦甚有關係也。

第二章　希臘之影響

三　羅馬民族,長於治術,起自草昧,不及五百年,蔚爲大國,統有歐亞,然武功盛而文事遂衰。Cato 謂古時不重文術,有習爲詩歌,或屢赴宴集者,世以游民目之。蓋時勢所需在戰士,不在詩人也。及前三世紀時,國內統一,日漸強大,奄有意大利之地,國旣樂康,乃有餘裕以治文事,又受希臘感化,故文學驟興。其先羅馬與希臘亦時有往來,且釆用其字母,唯別無他效。及二七二年克 Tarentum,希臘文學乃流入羅馬。蓋羅馬第一文人,實希臘人而見俘於 Tarentum 之役者也。

Livius Andronicus(284－204)本 Tarentum 人,被俘爲羅馬人 Livius 家奴。主人知其有學,命子弟從之讀,併爲免其籍,Andronicus 遂兼二姓。時羅馬初定,教化未具,學校諷誦,唯十二銅章,社會娛樂,則雜調曲而已。Andronicus 乃譯史詩 Odysseia 爲臘丁文,以教學子。又編譯希臘戲劇,於羅馬大祭(Ludi Romani)時演之,大爲國人所好。又作頌詩,令處女二十七人行歌道上,以禳妖祥。羅馬人欲酬其勞,始設文社(Collegium Poetarum)於Minerva廟中,以Andronicus爲長。於文學與言語之發達,至有力焉。Andronicus本常人,別無文才,故造詣殊淺。唯希臘藝文,實由是始入羅馬,後世史詩歌劇,無不發源於此,乃其所以爲大也。

Livius之後,繼以Cnaeus Naevius(276－199)。二人皆致力於戲曲,Livius系出希臘,業教師,Naevius則羅馬市民,從軍布匿,通希臘文言,故所造不同。Naevius作劇多本希臘,然恆出己意,溷合二劇爲一,時見獨創之才。又取材本土,立歷史劇(Fabula Praetexta)之基本。今就曲名計之,凡作悲劇七,喜劇三十四。蓋其性偏喜諷刺,亦以是屢得禍,而卒不改,終被流放,死於異域。又有紀事詩Bellum Punicum七卷,仿希臘史詩體式,敘布匿戰事。前二卷述羅馬創國,溯源於Aeneas,爲Virgilius前驅。今詩已散佚,僅存斷片而已。

Quintius Ennius(239－169)生於南意之Rudiae,其地本希臘屬土,故史家以爲希臘人。唯Ennius自謂系出Messopus,乃末屬希臘前王室云。所作頗多,戲曲外有雜咏六卷,史詩Annales十八卷,最有名。悲劇今存篇名二十有二,多記古代Ilion事。其所師法,爲Euripides,於神人關係,生死禍福諸問題,多所討論。斷片中有云,世或有神,但於人事無予。神如有知,當使善人福,惡人禍,而今不然也。又力斥巫師,謂以富貴許人,而得一金之酬。其懷疑思想,蓋與Euripides相似。雜詩中有Epicharmus一卷,述Pythagoras派詩人四行學說。Euhemerus一卷,又名聖史(Sacra Historia)則以歷史法釋神話,皆可見其明達之思致也。雜咏者,卽以雜調曲原語爲名。其體或文或詩,或獨白對話,或敍事抒情,俱無不可。及後多以寄諷,Satura之語,遂轉變爲Satira,專指一事矣。

Ennius作Annales,記羅馬史事,始自Aeneas,唯不及Ilion出亡,僅言其抵意大利後事,至並世而止。Ennius作此詩,以Homeros自居。云古詩人之魂,轉生爲孔雀,次爲哲人Pythagoras再轉而爲己身。然此非輪迴信仰,特自負之意而已。古代史詩,取傳說爲材,多涉神異,出於自然,若咏後世史實,則不能相合。且恆略古而詳今,亦未能勻稱。唯其崇高之思,堂皇之詞,善能表羅馬之偉大,全篇一貫,不愧羅馬史詩(Romais)之稱也。今所存僅六百餘行,約爲全詩四十分之一。復多斷缺,唯數章稍完,然相連續者,亦唯二十餘行耳。

第三章　戲曲

四　羅馬最早作家，皆並作悲喜二種劇，至 Plautus 與 Pacuvius，出，其業始分。Titius Maccius Plautus (254－184) 生於鄉邑，至羅馬演 Atella 曲，稍有積蓄，去而爲商，盡喪其資。復至羅馬，貧無以自存，乃傭於磨工家，以餘暇作喜劇，漸見知於世，遂爲專業。後世所傳 Plautus 曲，凡百數十首，唯太半託名之作。Varro 謂眞者僅二十一篇，今所存數，與此正同，第未必皆自作。其曲仿希臘近期喜劇，取材於 Philemon 與 Menandros。人地名稱，多用希臘之舊，唯間雜羅馬風俗。蓋羅馬人演劇，以希臘爲師，自審不逮，因不別創。又第爲娛樂計，非欲譏彈社會得失，故取材異國，於事甚便。劇中言及羅馬事物，多以 Barbari 一字加之，亦不以爲忤。此正所謂希臘衣之喜劇(Comoedia Palliata)，與羅馬衣之喜劇(Comoedia Togata)異者也。Plautus 曲所敍爲家庭社會兩方，不涉政事。其中又可分愛戀，欺詐，離合，繆誤諸類。Casos 女 (Casina) 與商人 (Mercator) 二劇，言父子共爭一女,拈鬮以決勝負。Menaechmi 兄弟二人,以貌相似,生諸糾葛,爲繆誤喜劇(Comedy of Errors)之本源,Amphitruo 一篇,亦屬此類。Jupiter 化形爲主人,佔其室家,Mercurius 則化其奴 Sosia,拒主僕於門外。Sosia 皇惑,至欲自改其名。及 Amphitruo 爲神所擊而暈,醒時乃聞其妻 Alcmena 產二子,並神異。此時已非復喜劇音調,Plautus 自稱爲悲喜劇(Tragico comoedia),爲得其實。Alcmena 一身備有羅馬婦德,與劇中事跡相反映。當誓別時,呼崇高上帝監臨之,其語含譏,達於絕調,可與 Euripides 之 Ion 相比也。小瓶(Aulularia)一篇,述 Euclio 之貪鄙,曲盡其妙。至珍惜爪甲眼淚,人如向之乞「餓,」亦將必不可得。寶護其藏金之瓶,聞鄰人鋤地而膽戰,雞就近地搔爬,亦痛抶以懲之。較 Theophrastos 所謂貪人見奴拾遺錢於市,亦呼曰半半者,爲尤甚矣。又有俘虜(Captivi)一劇,最爲後世所稱,則合欺詐與離合二原素以成。據其自序,亦言殊異他作,Tyndarus 冒禍救其主人,終得並免於難。蓋有教訓之意,對於主奴問題,亦頗受 Euripides 影響者也。

Caecilius Statius (219－166) 本 Gaul 人,被俘爲奴於羅

馬,後得釋。與 Ennius 友善,以喜劇名。所作今僅存三百餘行,曲名四十。其中十六,與 Menander 悉同,結構亦法希臘,趨於縝密,不似 Plautus 之每用己意造作。及 Tereutius 出,希臘式喜劇始益備,Caecilius 蓋其中介耳。

Terentius Afer (195－159) 生於非洲,幼被掠,賣爲羅馬元老 Terentius Lucanus 家奴。主人愛其慧,命受學,復落其籍。遂承主人之姓,加 Afer 一字於後以自別。始作 Andros 島女(Andria),大得 Caecilius 讚賞。是後又作五曲,多取材於 Menander,又率爲聯曲,合二劇爲一。慕希臘文化,欲一見之,遂行,竟不復返,或傳其歸國時溺於海也。曲中事跡,與 Plautus 作無甚異,大抵愛戀之事,中雜欺詐,終以會合。而制作完善,能得希臘藝術精神。所寫社會道德,亦畧如前此,唯較有進。子或欺父,然不更益以侮辱,主或責奴,而無復苛虐之刑。即言倡女(Hetaira),亦漸近優美。蓋以前喜劇,雖本希臘,亦頗含羅馬雜劇之風,Terentius 作,則純爲希臘化之羅馬劇,故爲更進。唯其劇雖見賞於後世學者,而當時不能諧俗。祭日演姑(Hecyra)一劇,觀者多散去,以爲不及蹈絚與角觝佳也。羅馬喜劇,至 Terentius 而臻其極,然亦自此絕矣。

希臘式喜劇,不爲民衆所好,遂有羅馬式喜劇者出。所演皆本國社會情事,去希臘之 Pallium 而衣羅馬之 Toga,故遂稱之曰 Comoedia Togata。結構殊簡,狀述鄉市生活,多以婦人爲題材。希臘式喜劇,寫奴僕率智出主人上,此則依羅馬習俗,多言奴之愚劣。又頗有寫實之風,而辭旨時多放逸。有 Titinius, Atta 及 Africanus 三人所作最有名。今皆不傳,止存篇目,如 Setia 女子 (Setina) 女律師 (Juris Perita) 離婚(Divortium)温泉 (Aquae Caldae) 等,尙可想見大畧。又有所謂 Fabula Tabernaria 者,與此相同,唯所敍皆市肆閒事,故以爲名也。

Atella 曲起自民間,漸播都會。初唯卽興成辭,互相酬答,大抵爲口語,後乃得文人造作,又易文爲詩。有 Pomponius 與 Novius 生基督前百年際,所作曲目尙存,約百十餘章,唯文詞盡逸。繼起者爲擬曲(Mimus),卽希臘之 Mimos,從南意流入,用作演劇之餘興 (Exodium) 凡 Atella 曲多述鄉民生活,擬曲則率敍市井閒事。亦有愚夫,稱 Stupidus,然別無一定脚色。所演多愛戀之事,而恆涉邪曲,又雜以女優,遂漸益頹敗。當時作者,如 Laberius 與 Syrus 等,今尙存斷篇,暗諷時事,指點人情,頗亦可觀,唯以較 Herodas, 則不能及。擬曲雖歌詞,而重在姿態,故積久生變,成 Pantomimus。止有動作,更無言辭,於是擬曲復反本源,而爲舞蹈,與文學史不相系屬矣。

羅馬喜劇,尙略有創作萌芽,悲劇則純仿希臘,故其流不長。Marcus Pacuvius(220－130)爲 Ennius 甥,又從之學。專撰悲劇。又爲畫師,故所作不多。存篇目十二,文四百行,多以希臘悲劇三大家爲本。學問深博,有學士之稱。Lucius Accius (170－86)後起,著作較多,凡存目四十一,皆取材希臘傳說,又羅馬史劇二,並亡失。其文詞莊重,故適於爲悲劇。人生觀則尙堅忍勇敢,時於曲中見之。又咏及田家景物,知天然之美,在羅馬文林中,實爲第一人也。Accius 後,悲劇遂衰,蓋寄寓之文藝,與民心格忤。希臘悲劇。本原宗教,凡敍神人事迹,皆所以闡發人天相與之義,非僅以資游觀,故發達特盛。逮在羅馬,則異域英傑,不能攖感人心,人生神祕諸問題,又非所欲論,於是感興漓而藝事亦不振。是後有 Quintius Cicero 等仿作悲劇,唯聊以試筆,不復登於劇場。

故悲劇至 Accius,正猶喜劇之於 Terentius,亦盛極而衰矣,

五 Ennius 仿雜調曲作雜咏,第爲詩集之類至 Lucilius 復一變爲諷刺,於是 Satura 之名,亦音變爲 Satira,爲後世諷刺詩所從出。Publilius Lucilius (180–103) 系出 Campania 名門,游羅馬,與 Scipio 等諸顯要交往。以與國寓公故,不得預政事,唯旁觀既久,見聞所及,時亦感憤,因發之於詩。其家素富有,不藉文字自給,又多識當道,不慮得罪,如 Naevius 故事。故得任意譏彈,無所諱忌,甚或直舉姓名,Persius 稱之曰鞭撻都市。或以爲模擬 Aristophanes 則亦止形跡略相似耳。希臘喜劇中有 Parabasis 撰人對觀衆直接有所陳述,Lucilius 亦用此法。自云,所咏不涉祥異,或飛蛇之事,但記日常事故,或徑言衷曲。非求教於學士,亦非以訓蒙,但冀告語平人而已。至於二者發達,各不相屬。Lucilius 通希臘文字,唯所作未嘗因襲古人。雖采用Satura,與 Ennius 同,而諷刺之精神,又其所獨具也。

Lucilius 作諷刺,凡三十卷,今皆散亡,唯就古籍中錄得佚文千三百行,爲體不一,有獨白對語,教諭書柬紀事諸種。所言亦不盡關政事,間記旅行,或宴會游戲情形,後

Petronius 所作,即因此而轉入小說,又有數節,論 Pacuvius 諸人文字疵繆。蓋其作主諷刺,而仍爲雜咏性質。文章不事修飾,多用奇字,然亦別具詼詭之趣也。

第四章　文

六　羅馬散文之最古者，十二章法典 (Tabulae Duodecim)外，有大編年史 (Annales Maximi)，基督前百二十年頃 Mucius Scaevola 所纂，凡八十卷，今悉散失。古時每年大祭師以白簡記事，榜之廟堂。Scaevola 亦當時祭師，總錄成書。Cicero 謂其內容甚儉，僅記戰事日月食及穀價諸節，故不爲後代史家所重。及希臘文化流入，詩曲驟興，以歷史爲高深學問，非民間必讀之書，故用希臘語記之，有 Fabius Pictor 等史家五人，爲世所知。唯羅馬人士，或以爲非。Cato 用拉丁文作史源，於是風尚一變，而散文亦由是興盛，故後人稱 Cato 爲羅馬文宗也。

Marcus Porcius Cato (234－149) 本軍人經濟家而非文士，嘗誡其子曰，凡文學興盛時，其國必將衰，故反對希臘文化甚力。所作書亦注重實利，有農事醫藥演說諸書，總名之曰示兒篇 (Praecepta ad Filium)。又益以法律戰術二種，述處世之術殆盡。今所傳者，唯農書 (De Agricultura) 一卷可考見當時情狀,與 Hesiodos 之 Erga 並爲後世珍重。然文亦不完,書中詳言種蒲陶橄欖法,而不甚言五穀,間亦及家政,次第頗陵亂。蓋致用之書,初非文藝,唯羅馬民族重農崇實之風,則盡見於是矣。

史源 (Origines) 凡七卷。首三卷述羅馬建國起源,故得此名。末四卷則紀布匿二次,及以後戰役。或疑初本別爲一書曰戰史 (Bella),晚年始成,後人并史源合刋之耳。Cato 惡史家多曲筆,贊揚先世或諸顯貴功績,至不書將帥名字以矯之。唯據 Livius 著史,徵引 Cato 在西班牙之事業,云出於史源,則亦頗有自伐之意。第自 Cato 出而歷史始用拉丁文,是爲文學上之功效也。

羅馬演說之文,亦始於 Cato。其初議政及法堂辨解,行來已久,唯成於急就,亦不著之篇章。及受希臘影響,乃多治辯學,發達益盛,Cato 雖不悅希臘文化。而演說則多師法 Thukydides 及 Demosthenes。所作凡百五十章,今什九亡失。Scipio Africanus (184－129) 亦雄於詞,有觀歌舞學校而歎道德之頹敗一文,最爲後世所知。此他作家,見於 Cicero 文中者,爲數甚衆,唯著作悉不傳。如 Marcus Antonius 有盛名於時,而慮人摭拾其詞,反見詰難,故不復下筆,蓋已純爲律師,非復文人矣。

第五章　詩

七　羅馬文學.開創於 Andronicus 及 Cato, 分途並進.遂有黃金時代(70B. C. –14A. D.)之盛。唯文章發達, 尤過於詩。蓋凱撒時代, 羅馬自共和入於帝國. 政爭方烈, 俊傑之士.多傾向於致用.欲自表見. 文學趨勢. 亦因之而變. 散文大盛。如 Cicero 之演說, Caesar 之史, Varro 之學術. 皆出 Cato 一流。詩則不多見,獨有 Lucretius 與 Catullus 二人。一爲哲學詩人.樂生而慕死,一則愛戀之歌人.皆於政治生涯,無所連綴.故獨立當時.自成一家也。

Titius Lucretius Carus (199–55) 者. Epikuros 派哲人, 所著物性詩 (De Rerum Natura 一篇. 則其唯物論之世界觀也。Epikuros 生基督前三世紀時.當希臘季世.國內擾攘, 故創快樂派學說.欲人能不爲境地所拘.自得幸福. 其說以樂爲至善.要在淡泊自處,享清純之悅樂.避欲望之牽率,以至「無擾」(Ataraxia) 之境.是爲人生究竟。故其教人.以隱居怡志爲務.而尤在了徹生死. 人因愚蒙.不知死後情狀,乃由謬解,而生恐怖,撓亂其心,不能寧樂,乃本 Demokritos 原子說,作自然論(Peri Physeôs)三十七卷.以爲一切是原子(Atomoi)合成,無有靈魂.故亦無死後之存在. Epikuros 派哲學,雖易流於爲我.又主張無神,頗得後世教徒責難.然其原旨,本極崇高. Lucretius 處羅馬紛爭之際,超然高舉.述先哲之說以勵俗.蓋亦有深意存也

Lucretius 行事無可攷.四世紀時基督教徒 Hieronymos (St. Jerome) 著編年史.記之曰,基督前九十四年.詩人 Lucretius 生,後以飲丹藥(Amatorio)發狂,病中作書數卷.Cicero 爲之校正,四十四歲自殺云。唯史家多疑之,蓋基督教徒或以 Lucretius 詩言無神.故謂爲狂易中作.又因屬快樂派.遂言服丹藥也.徵之當時傳記.始得定其生卒年代.至一生事跡.則無可攷見矣.

Lucretius 之思想.出於 Epikuros,詩則仿 Empedokles,愛憎聚散與適者生存之說.亦出於此。物性詩凡六卷.首二卷論宇宙原質與造成之理.爲全書根本要義。謂無限虛空中.存無限原子.互相牽引.結聚成形.是諸原子.復具種種形相.以是差別.遂生色味熱諸性.次論靈魂(Anima),亦爲原

子所成.而特微小圓整.團結胸際.分布四體.與外物接.緣生感覺.唯同爲物質.與體魄俱散.既不具於生前.亦不存於死後.是故死無足畏.而生乃不可不樂.則養生尚矣。第四卷論五官感覺。五卷論世界庶物起原.因及生物與社會進化,多有精義。原子聚散.而成宇宙.植物出於地.如毛髮然,次生獸與人.至地力竭而止.庶類爭存.優勝劣敗.終如今世所見。次言原人生活,不異野獸.始有婚姻.文化乃啓。其論言語宗教.火食用金緣起,多與後世學術相合。第六卷解說天然現象.如雷電龍卷.火山地震原因,並歸之於自然力,斥神功說。此全詩之大略也。

Lucretius 以詩說哲理.故由文藝與學術言.皆有至大之價值。法人 Comte 嘗分知識爲三大時期,一曰神學時代,主信仰.二曰哲學時代.主思索.三曰科學時代.主實驗。Lucretius 生於古代.而學識已幾達最上一程.如言神學則主無神.物理則主唯物,心理則主感覺,倫理則主樂利.皆甚精深.無世希有。以持唯物論故.乃由厭世.而轉爲養生。世人爲愛欲迷妄所苦.如小兒在暗室中.生諸恐怖.故以詩導之.俾至光明.此爲作詩之旨.雖說理之言.每不能成佳句,或用神話象徵，間失之晦，而描寫景色，體察物情，多極美妙。如卷二述母牛悲鳴，索其爲犧之犢，最爲世所贊賞。希臘古人之哲理詩，既悉散亡，Lucretius 此詩，遂成獨一之作。文辭思想，影響後世亦甚大，Virgilius 其尤著者也。

八 Lucretius 以養生思想，自成哲學詩派，Catullus 之抒情詩，則爲當時亞力山大詩風（Alexandrinism）代表也。希臘自三世紀前以來，政非自主，詩歌因亦不振。長篇巨製，不復有聞，唯小史詩牧歌豔歌詩銘諸體，流行於世，大抵抒寫情思，復述神話，敘田園事物，或言愛戀。是爲希臘衰落期文學，而影響於羅馬則甚大，蓋政局擾攘，頗有相似，故風氣亦自翕合。且史詩劇曲，皆厖然大作，又由國民宗教演化而出，具有希臘特質，模擬極難。亞力山大時代著作，則合東西思藻，和會而成，較爲溥博，易得感通，故該撒時代，亞力山大詩派，遂盛行於羅馬。Kallimakhos 豔詩，Theokritos 牧歌，勢力甚大，此他詩人，亦盛見師法。如 Philetas 之詩集，Aratos 之學術詩，Lykophron 之小史詩皆是。基督前七十三年頃，Parthenius 始至羅馬，創立此派。Valerius Cato 之 Lydia，蓋猶 Battis 之屬。Gaius Helvius Cinna 著小史詩

Zmyrna, 九年乃成.今悉散失,僅存三行。Catullus 則 Kallimakhos 之流,其詩獨傳於世。

Gaius Valerius Catullus (84－54) 十五歲能詩。至羅馬,與諸名人交游.三十而卒.今傳其詩百十五篇。八爲長歌,皆催妝詩 (Epithalamium), 或小史詩 (Epyllia) 而涉及婚姻者。四十八爲短歌詩銘,餘皆抒情詩,爲尤佳之作。Catullus 師法希臘,上及獨吟詩人諸家.不限於亞力山大一代.故造詣特深。發表個人情思.無所粉飾.深摯樸醇.尤爲世人贊賞.嘗愛 Clodia,悲歡之情,俱寄於詩。最初投贈 Ad Lesbiam 一章.仿 Sappho 之 Eis Eromena 而作.故以 Lesbia 稱 Clodia, 比之 Sappho 也。Clodia 者,本 Gallia 總督 Metellus Celer 妻,多行不義.世傳其毒殺故夫,擬之巫女 Medea。初亦善遇 Catullus, 後復棄之去, Catullus 怨望.詩有云.吾憎且愛.不自知其故。終乃決絕.以詩告別.仍用 Sappho 詩體。末云.往昔之愛.今已見毀.如野華爲犂所觸.顏然委地。與 Sappho 佚存詩中第九十四,詞意畧同。是後 Catullus 遂與 Cinna 游希臘諸地.取材異國.作小史詩,頗加藻飾,如並世詩人.別無特色也.

Lucretius 與 Catullus 之詩.絕不相似.然足以表示時代精神則一。Lucretius 代表當時懷疑思想, Catullus 則代表享樂之風。其一避世. 爲深思之快樂派, 其一樂生. 爲任性之快樂派也。Catullus 詩多主行樂及時, 實卽悲觀人世。Viuamus Mia Lesbia 一篇. 中云. 日入能復出,吾輩微光滅時.將長夜永眠矣.又哀黃雀一詩.同是因人及物,亦悲美之不久存。唯其憂思.本於一身經歷,非遍及人世,故 Lucretius 之悲閔.在 Catullus 乃爲放浪。然能獨成抒情詩宗者, 亦正由此。Fénelon 謂爲獨具 Passionate Simplicity, 良爲知言也。

第六章　文二

九　羅馬演說之文，始於 Cato，至該撒時代而大盛。Cicero 爲代表，正猶 Demosthenes 之在希臘末世．文章器識．足相彷彿．而得禍亦同。Marcus Tullius Cicero (106－43) 少從羅馬諸名師修哲學法律．又通希臘及本國文學．尤長辯學。嘗爲人辨弑父之罪．作 Pro Roscio Amerino 一篇遂知名。與該撒同爲執政官．爲敵 Clodius 所構陷，遂亡入馬其頓。晚年喪女，因從事哲學著作以自遣。及四十四年，該撒見刺．復返羅馬。演說攻執政官 Marcus Antonius 之專橫，凡十四篇．後世謂之 Antonianae。次年遂爲 Antonius 所殺。Plutarkhos 著名人列傳．記 Augustus 後讀 Cicero 書，歎曰．是能言人，亦愛國者也，足以盡之矣。

Cicero 著演說．今存全文五十七篇．斷片二十餘種。又演說論數卷，其一曰 Brutus，用答問體，述與 Brutus 及 Atticus 論古今辯士優劣之言．甚足以資考證。所著哲學書，有神性論 (De Natura Deorum) 五卷．極致論 (De Finibus)

三卷，皆主客語，各據所奉宗派立說，互相討論。Cicero 所論，率本希臘諸家著述，今原本散失，尚得藉此以知梗概。又國家論（De Republica）法律論（De Legibus）二書，皆仿 Platon 論政之作，唯所言制度，非由理想而據事實。蓋其最善之國家，卽 Scipio 時政體，法律亦以十二章爲本，加以修正而已。

Cicero 亦嘗作詩，多取神話歷史教訓爲材，今存百數十行。Plutarkhos 傳中稱爲當時最大詩人，然以較 Lucretius 等，乃不能及，或亦詩以人重也。

十 Gaius Julius Caesar（102－44）以軍事政治名世，亦善文藝。曾作豔詩悲劇論文，今俱不傳。僅存歷史二種。一記高盧戰事，曰 De Bello Gallico，凡七卷。一記國內戰事，曰 De Bello Civili，凡三卷。皆自述經歷，頗極簡要。Cicero 於 Brutus 中，稱其不假修飾，自然優雅，如倮露之石象。該撒受議院委任，出征高盧，因紀錄成績，以防反對者之口。一以示有勳勞於國家，一以示進軍之故，非緣本己野心，實因形勢之不得已。故文詞力求切實，不露自伐之氣，然頗復枯索，則又簡略過甚之故也。內亂紀事，述與 Pompeius 之戰，而推本於議院之不和．以自辨白。爾後繼該撒而作者甚多，有高盧戰史第八卷．傳爲該撒軍官Hirtius作。Crisipus Sallustius (86－36) 廢編年例．作史五卷．修飾文詞．益近雅正。又致意於觀察．申明因果．不專以記錄爲事．較之以前史家．更有進矣。

Marcus Terentius Varro (116－27) 少時學於雅典．曾任民政營造諸職．又數從軍。於學無所不知．聖奧古斯丁盛稱其博學多著述．謂畢生不能卒讀。所著書都計七十四種．六百二十卷．今僅存田家事物書三卷 (Rerum Rusticarum Libri tres)，拉丁語學 (De Lingua Latina) 六卷而已。Varro 著作分詩曲歷史攷古言語物理農學諸類．中有像傳十五卷 (Imaginum Libri XV)．圖希臘羅馬名人像七百餘．各系傳贊．爲圖繪書之始．尤爲特異。史家 Quintilianus 謂其作雜曲百五十卷．曰 Saturae Menippeae。希臘三世紀中．有哲人 Menippos，作答問嘲諸宗派。Varro 仿之作曲．多刺世風衰薄．其篇目如六十翁 (Sexagessis)．早起者 (Manius)．人市 (Anthropopolis)，皆可見大略．而文悉亡失．今僅存六百行也。

拉丁語學二十五卷，分形聲變化語法三部，今存六至十凡六卷。田家事物書，爲 Varro 八十歲時作，自言從躬耕實驗來，欲傳布農事智識，與 Cato 相似，而文術更進。全書悉用對語，復以鄉村行事點綴之。首卷敘村人俟鄉官 (Aedilis) 於地母廟中，縱論土地耕種之法，已而鄉官之僕奔至，知已見殺，於是散去，約明日共臨葬事，頗有劇曲之風。次卷論畜牧，第三卷論農家利益，言著者與村民集人家簷下，待鄉官選舉消息，共說收養鳥獸及蜜蜂方術，旁及花果，迨選舉畢，乃各別去。文中夾敘瑣事爲華飾，故致用之書，亦兼有藝文之美矣。

第七章　詩二

十一　該撒既歿，Augustus 繼起，代 Antonius，立羅馬帝國，稱奧古斯德時代（43B.C.－14A.D.），文學發達最盛。與前期相銜接，而趨勢大異。政治統於一尊，庶民無參議之機，演說於是頓絕。使史者不敢平議時事，則多以古代爲限。Pollis 撰三頭政治史，Horatius 誡之，謂如履隱火之上，遂亦至四十二年而止。言論失其自由。故散文衰歇，而詩歌轉盛。奧古斯德喜文藝，嘗自製劇曲，又欲聯結士人，自固政治上之力，因提倡文術，加以保護。昔日人士，志在經世，或失意無聊，乃始託文詞自遣，顧鮮有以此爲業者。是時則事勢遷易，不復能自奮於政治，於是多改就文學。文士遂爲專門之業，得以此存給，故技工亦益進。其爲後世所師法，亦以此也。

Publius Vergilius Maro（70－19）系出農家，父爲田家傭，主人喜其勤勞，以女妻之。Vergilius 生長林野間，甚受感化。游學諸地，終至羅馬，習希臘文於詩人 Parthenius，修哲學於 Epikuros 派學者 Siro. 又讀 Lucretius 物性詩,思想大進。當時仕進,唯軍事法律二途。Vergilius 乃出爲律師。而性怯,又訥於言,體復荏弱,不能任重大,遂棄去隱居北方,以著作終老。所作有牧歌十章,田功詩四卷,史詩 Aeneas 十二卷,並存。其爲詩審愼周詳,期於至善。田功詩之作,需時七年。Aeneas 則十一年未成。垂歿時自恨拙劣,命悉焚遺稿。奧古斯德要取 Aeneas,命二文人編訂刊行。其餘盡逸,有小史詩蚋(Culex)海鷗(Ciris)田園詩菜(Moretum)等,或謂 Vergilius 作,然無明證,故別列於後。

牧歌(Bucolica)通稱 Ecloga,語出希臘,但云詩選,以原題如此,後遂仍之。歌仿 Theokritos,即牧人名字,亦俱用希臘式。唯 Theokritos 寫 Sicilia 風物,加以美化,仍不失眞。Vergilius 則意不在寫實,但假田園景物,寄其詩美,故詩至美而稍闕自然之趣。Theokritos 牧歌第七,自號 Simikhidas,與友人共赴郡社,Vergilius 本其意,多以牧人自況。四十一年官軍收沒民田,分授軍士,Vergilius 之地亦被收,後請於朝,始得免,故數見於詩。又屢咏其友 Gallus 與 Varus 等,仍詭爲行牧者,遂開牧歌因襲之例。後世之

Pastorale,寫牧人生活.輒以當時士女寄託其中.實由此起也。第四章世稱救主詩.作於四十年。亂離之後,希冀太平,言有小兒降生.將使世界復返黃金時代。禾稻遍野.荆棘生蒲陶,槲櫟滴甘露。詞旨與伊賽亞書彷彿.或以爲基督誕生之兆。唯一世紀前,猶太思想.曾流行於意大利,Vergilius 或受影響,遂以入詩。若爲預言,則與中世傳說.以 Vergilius 爲術士者,同一無稽也。

田功詩 Georgica 凡四卷.分論耕種樹藝.牧畜養蜂諸事。蓋仿 Erga Kai Hêmerai 而作,唯取材甚廣。Hesiodos 外,多采 Aristoteles 及 Theophrastos 諸人學說.又甚蒙亞力山大時代學術詩影響。如卷一論占候.本於 Aratos 之神示(Diosêmia),卷三論蛇,本於Nikander 之動物學(Thêriaka),卷四則多擬養蜂書(Melissurgika)。又復參考本土撰述.如官師傳說,田家謠諺,無不遍及,而得力於 Cato 與 Varro 二氏之作尤鉅。Vergilius 集衆家精華.加以鍛鍊.自成一家之書.其才至偉。蓋自 Hesiodos 以降.爲學術詩者.多重述學,意不在文.故枯索無興趣,Vergilius 略仿 Varro 之意.寄學術於文章.務令華實相稱.故能具善.論者以爲古來學術詩中,唯此一篇,能令後世愛誦不置,蓋又高出 Hesiodos 上矣。

Vergilius 本治 Epikuros 派哲學,又極喜物性詩,故其思想之見於篇中者,多相類似。唯 Lucretius 屈於自然,遂以靜息爲安。Vergilius 則謂當以人力勝天行。卷一言凡事到行。漸流於下,人生如挐舟逆流,其進至緩,稍縱復退。唯力作不懈,終勝一切,得自存於競爭之世。此二者人生觀之不同,亦足見時代精神之大略也。Vergilius 愛祖國,生長田間,愛鄉村生活,又際戰亂之後,目睹民生墜落,深所憂念。故欲提倡農業,振起邦國,田功一詩,非第傳布農事知識,如田家事物書,實并含愛國濟世之意,所謂人生勞動之福音也。

Aeneis 十二卷,Vergilius 爲歌頌祖國光榮之作。首六卷敍 Aeneas 自 Troa(Ilion)城破出亡,漂流海上,遍歷危難,以至意大利,大旨仿 Homeros 之 Odysseia。後六卷仿 Ilias 述 Aeneas 與 Turnus 戰事,蓋用羅馬劇家作聯曲(Contaminatio)故法。卷四言布匿女王 Dido,則多以 Apollonius 之 Argonautika 爲模範。Vergilius 嘗云欲咏 Caesar 戰績,唯近世事實,不適於史詩,故遠求之神代。Aeneas 以 Troa 貴胄,承天命合 Latinus 王室,建立新邦,以明羅馬之興,其源已遠,非由偶然。該撒時,羅馬名家喜言氏族,率推本 Troa, 高自位置。Vergilius 乃引 Aeneas 子 Iulus, 定爲 Iulius 族所從出,以尊 Augustus, 而讚美羅馬之大業,則又其一事也。Aeneas 爲人虔敬厚重而武勇,具羅馬諸美德,足爲民族代表,故 Aeneis 一篇,稱爲羅馬國民史詩。唯文人著作,異於自然之詩歌,故與 Homeros 復不能並論也。

蚊(Culex)相傳爲 Vergilius 少時作。言有牧人晝寢,爲蚊所螫,覺而殺之,乃見一蛇,方將見齧,亦殺之。是晚蚊乃入夢自訴,牧人遂爲立碣,報其惠。海鷗(Ciris)亦小史詩,言 Scylla 化鳥事。皆有亞力山大詩風,與 Vergilius 作不類。

葉(Moretum)一篇爲牧歌。敍農人冬日早起,取火蒸餅,搗菜作虀已,乃出耕,多寫實之致。Vergilius 牧歌中,無與此篇相似者。田功詩卷一,言農夫夜起,以刀削火炬,其妻梳理羊毳,作歌自遣,或煮蒲陶甘汁,以葉掠去釜上浮沫。卷三言灌園老人,春時最先得薔薇,秋得蘋果,冬得水仙之華,亦多重理想也。當壚女(Copa)歌舞以招酒客,歌曰,飲酒擲骰,勿念明日。死神附耳而語,云汝善樂生,吾行且至。放曠之辭,亦與 Vergilius 之思想異,故論者以爲俱非所作也。

十二 Quintus Horatius Flaccus (65－08) 出身微賤,類Vergilius。少時遊學羅馬,又至雅典,傾心於共和之治。從Brutus轉戰經年,及民師失利,遂亡去。未幾復返羅馬,窮困無聊,乃始作詩歌,冀得資助。時Vergilius以牧歌聞於世,史詩有Varius,戲曲則有Pollio與Faudanius,慮無以自見,因改作諷刺詩及長短句(Epodi),大抵嘲諷時人。Vergilius等見而賞之,爲言於執政Maccenas,甚見優禮。Horatius始得一意爲詩,業益進。所著有諷刺詩二卷,長短句十七章,短歌四卷,尺牘二卷,詩法一卷,俱存。

Horatius作諷刺詩,本仿Lucilius,唯在帝政之世,又落魄不遇,無緣與顯要接,故言不及政治。所刺止於世俗,初亦直書姓名,後漸轉變,寫類型而不限於個人。能合莊重詼諧爲一,故極美妙。Horatius自稱諷刺詩云閒談(Sermones),示與詩別也。長短句本Iambos之一體,始自希臘之Arkhilokhos多用於嘲罵之詩。Horatius始仿作之,用抒情詩體,寄諷刺之意。短歌(Odae)百三章,則即興寫情,諸體悉備。思想多出養生哲學,故詩歌屢歎人生之促,以享樂爲第一義。所謂及時行樂,勿顧後來,以世無全福之人也。唯Epikuros主退隱,而 Horatius 則謂人當利用天賦之才知，與患難抗，爲國人有所盡，乃與 Vergilius 同，蓋秉奉 Stoikos 派學說者也。

韻文尺牘 (Epistulae)，爲希臘所未有，Lucilius 嘗偶一爲之，至 Horatius 始成專書。常并諷刺詩稱之曰閒談，唯二者性質殊異。諷刺詩出於雜調曲，本爲民間娛樂，重在通俗，卽經轉變，舊質仍存，故不避嘈雜粗鄙之辭。尺牘則投寄個人，用語自益雅正，狀物說理，皆可應用，不以諷世爲限矣。Horatius 所著，卷一多言道德，卷二言文藝，微言妙語，錯出其中。詩法 (Ars Poetica) 本亦尺牘之一，名致 Piso 氏兄弟書 (Epistula ad Pisones)。論作曲之法，大旨以希臘學說爲主，而融會貫通之，影響於後世文學甚大。唯本非學術之書，故無系統，又偏而不全，於史詩抒情諸體，少有說明。詩法之名，乃後人所加，未爲當也。

十三　Elegos 在希臘本爲哀歌，後漸以咏他事，亞力山大時則專以爲豔歌，恆用女子名其集，如 Philetas 之 Battis 等是。該撒時代，傳入羅馬，至爾時大盛，故史家 Quintilianus 云，羅馬 Elegi 可與希臘比美，并舉四人爲例，卽 Gallus, Tibullus, Propertius 與 Ovidius 也。

Cornelius Gallus(70－27)爲 Vergiluis 友,屢見於牧歌中。以武功官埃及,後以言行不檢,觸 Augustus 怒,遂自殺。所作詩四卷曰 Lycoris,今不存。

Albius Tibullus (54－19) 依 Messalla,嘗從征高盧,而性惡戰事,曾言孰始造劍者,其心堅如鐵。勝利光榮,亦非所冀,歌咏皆愛戀之事。所著詩三卷,首卷太半咏 Delia 之歌,次卷則言 Nemesis,並女子假名,與 Catullus 之稱 Lesbia 同。第三卷頗陵雜,或疑是 Messalla 門下詩人所撰,非一人作也。Tibullus 與 Vergilius 生同時,而不爲史詩,亦不言學術。自云以歌求愛,倘不能至,將放詩神而遠之。唯又愛田家景物,時有牧歌餘風。然復云芳華遍野,鳥鳴於林,無 Nemesis 在,亦不爲樂,則仍爲愛戀之歌人,與他詩人異也。

Sextus Propertius (50－16) 作 Elegi 四卷。嘗愛 Hostia,遍歷悲歡之境,悉寄其情於詩,如 Catullus 之於 Clodia。第一卷單行,稱 Cynthia Monobiblos,亦以女之別字爲篇名。Hostia 本詩人 Hostius 女孫,善歌舞吟咏,行蹟殆如希臘之 Hetaira 也。此詩出後,Propertius 聲名頓起,Maecenas 延致門下,漸轉而咏他事,然終不及豔歌之善。詩集卷四,存詩十一章，唯二章言及 Cynthia，其二爲女子致外書，四爲古事詩，說明事物起原。Propertius 深通希臘文學，尤喜 Kallimakhos，嘗舉以自擬。Kallimakhos 博學多識，著有物原詩(Aitia)一卷，故亦仿爲之，頗影響於後世，Ovidius 作月令(Fasti)，卽從此出也。

Publius Ovidius Naso(43, B. C. –17, A. D.)在四詩人中最著名，然不因豔歌而因敘事詩，卽變形記(Metamorphoses)十五卷是也。其初學律，以詩集 Amores 得名，遂一意爲詩。著愛術 (Ars Amatoria)，愛藥 (Remedia Amoris)，月令(Fasti)，變形記諸書。基督後八年，忽以 Augustus 之命，徙於黑海沿岸之 Tomi。其獲罪之因，據 Ovidius 自述，謂由詩歌與過失二事。蓋 Augustus 惡其著愛術，有害世教，又以與 Decimus Silanus 案有關，遂流之絕域。Ovidius 居 Tomi 十年，作哀愁 (Tristia) 五卷，尺牘四卷，自白所懷。又仿 Kallimakhos 作諷刺詩，詛其仇。歷敘種種凶死，冀仇亦如之。稱集名曰紅鶴 (Ibis)，相傳此鳥性淫，故以爲名，亦本於希臘也。

Ovidius 詩集中多言 Corrina，唯事迹前後變易，別無一貫之跡象可尋,蓋祗是泛咏風懷,未嘗專指一人,與 Lesbia 等故有異。愛術三篇,授士女容悅之術。Augustus 之世,太平旣久,風俗漸趨逸樂, Ovidius 此書, 頗能表示當時風氣。唯世論非之,乃復作愛樂以自解,文詞思致,不復如前,亦未能蓋其前失。後終以是得罪,蓋 Augustus 雖怒 Julia 之失德,而推究禍始,實原於 Ovidius,故距著書時已八年,終復窮治之也。

Propertius 集中有羅馬婦人致外書, Ovidius 遂仿傚之,爲 Heroides。全文云列女尺牘 (Heroidum Epistulae), 凡二十一篇。取材多在希臘,如 Homeros 史詩,三悲劇家著作,及近期喜劇皆是, 亦幷采並世著述。其書描寫心理, 至爲深徹, 又善於結構, 簡牘之文, 乃類戲曲之獨白矣。月令亦仿 Propertius 而作。每月一卷, 先就月名解釋意義, 次述月內星象節候,祭日起原,多引史迹民俗以證之, 甚足爲考古之助。Ovidius 著此詩,方及其半, 遽奉徙邊之命, 遂輟筆.亦不復賡續,故今日止存六卷也。

變形傳說, 本於精靈信仰 (Animism), 爲人類所共通。希臘神話中故多有之, 至亞力山大時, 始有專書輯錄. 如

Nikander 之 Heteroiumena,及 Parthenius 之 Metamorphoseis, 今皆不傳。Ovidius 著, 卽襲舊名, 亦薈萃衆說而成。凡十五卷, 二百四十六篇。始於洪荒 (Khaos) 之化宇宙 (Kosmos), 次述人化木石鳥獸水泉天象種種故事, 而以該撒之化升爲星終。末卷中言 Pythagoras 學說, 用作左證。然所以得世珍重者,乃在故事,而詩次之。其書搜羅廣博,古代傳說, 多藉此得存。文藝復興時, 歐洲文學美術, 凡言神話者,幾無不以此爲本,其影響之及後世,遠大甚矣。

第八章　文三

十四　奧古斯德時代散文發達，遠不及詩。辯學故自流行，而言論不能自由，政治演說既絕嗣響，即公庭辯解，或私家討論，且見拘束。Titius Labienus 以直言得犬狂(Rabienus)之名，官命焚棄其書，Cassius Severus 則被流放。亦頗有治哲學者，以 Epikuros 及 Stoikos 二派爲盛，詩人多被影響。Stertinius 以詩述 Stoikos 派學說，成書二百二十卷，今盡亡失。Sextus 父子與 Papirius Fabienus 講學羅馬，皆有聲望，唯別無著作行世。學術之書，有 Gaius Julius Hyginus (64－17)，承 Varro 餘緒，著農事養蜂諸書。Vitruvius Polio 仕該撒及奧古斯德兩朝，爲武庫工師，著建築論(De Architectura) 十卷。首七卷言造公私舍宇方法，末三卷分論水道日晷及機械兵器諸事，雖專門技術之書，而理論多推本於哲學，亦自具特色可觀覽。Verrius Flaccus 爲奧古斯德皇孫師保，作字義論 (De Verborum Significatu)，依字母次第論列之，徵引甚廣，自 Salii 之歌以至 Ovidius，無所不包，故兼有類苑性質。全書已逸,唯三世紀時 Festus 書中,掇錄概要,得知彷彿。原本[A]字凡四卷,P 字五卷,蓋極浩博之作,實爲拉丁語最先出,亦最大之字典也。

歷史敍時事,易觸忌諱,故作者唯敢記錄古事,或讚揚王業。Pompeius Trogus 著通史四十四卷,曰 Historiae Philippicae,以馬其頓爲主,旁及希臘東方諸國。今僅存概要,爲二世紀時節本。Titius Livius (59－17 A.D.) 作羅馬史,歷時四十四年,成書百四十二卷,爲奧古斯德朝散文獨一大著。今存三十五卷,才及四分之一。思想文章,與先代作者並異,可以見時代之精神,故與 Vergilius 之 Aeneis,並稱當時代表著作也。

Livius 作史,志在宣揚國光,又重修飾,務使文辭華美,而弊亦隨見。緣愛國,則對於外族,每不能持平立論。又緣自尊,則不肯自承過惡,如羅馬背盟,或戰勝虜略,輒隱諱不書,或多方辨解以求直。且輯錄舊史,不自探討,或傳述異聞,亦不定其虛實,多左右兩可之辭。蓋 Livius 本文人而作史,故衡以史學,闕憾甚多,然特有史詩傳說之趣。奧古斯德朝文風,殆悉萃於一身,而衰落之端,亦見於此矣。

第九章　詩三

十五　奧古斯德朝以後。稱羅馬文學衰落時期。自 Ovidius 與 Severus 見放, Labienus 書又被焚, 禁壓言論之兆已見。專制之世,勢不容自由思想之發生,於是感興日衰, 範圍亦益隘, 無以揮發情思, 文學之事, 遂流於游藝。且承盛世之後, 名士流風, 去人未遠, 作者卽以爲法。不復遠求希臘. 漸益頹靡, 文學於是不振。大抵拘牽文句, 以技工相尙, 或用以歌頌功德。此二者蓋帝政時代必然之果, 其端已見於 Livius 前,特至是而益著。如 Vellius Paterculus 事 Tiberius, 作史稱其「神功聖孝,」阿諛無所不至, 且併推及其寵臣 Sejanus,卽其一例也。

Tiberius 時代羅馬詩歌,鮮可稱述,唯 Phaedrus 之寓言詩,自成一家,能不爲風氣所限。Phaedrus(15－55 A. D.)生於希臘邊境, 被俘爲奴, 後得放免。作寓言(Fabulae)五卷, 多據 Aisopos, 間亦自造,以譏彈世事。希臘所傳寓言,本爲民間譬喩,非出一人, 多極自然, 故非 Phaedrus 所及。唯在羅馬,乃未曾有,又當專制之世,詩人緘口不敢言政治,而獨能託興陳詞,發抒己見,自爲不凡之作矣。

Nero 朝(54－68)羅馬文學,稍稍興盛。Nero 好文藝,常弄翰墨,故一時化之,詩歌各體,皆有傳人。Titius Calpurnius Siculus 作牧歌七章,多模擬 Vergilius,寄託亦同。第一章言二牧人見木皮上 Faunus 刻文,預言 Nero 卽位,黃金時代將至。第四章則歌咏太平之樂,雖亦本 Vergilius,而阿諛之言愈甚,爲爾時所獨有也。

羅馬悲劇至 Accius 後而衰歇,間有文人試筆,亦不復登於劇場。Nero 時 Seneca 作劇九篇,蓋止爲朗誦之用,唯其影響於後世者,較希臘作家尤大。Marcus Annaeus Seneca (3－65 A. D.)學於 Fabienus,奉 Stoikos 派學說。爲 Nero 師保,作慈仁論 (De Clementia) 以勸誘之,國內稱治。晚年 Nero 漸暴,遂見惡,適 Piso 謀弒事發,羅織入罪,賜死。所作別有哲學論數種行世。其曲取材希臘,而自撰作,與前人編譯者不同。合辯學派文章,與 Stoikos 思想爲一,故所敍事如 Oedipus 及 Medea 等,皆極凶戾,以死亡爲解決,忍苦慕死之風,隨處見之。

Marcus Annaeus Lucanus (39－65) 爲 Seneca 兄子，以詩受知於 Nero。一日論文爭持不下，Nero 怒，禁其宣布著作，亦勿得爲律師。Lucanus 遂附 Piso 謀亂，事發被捕，切脈而死。著史詩 Pharsalia 未完，詩述 Caesar 與 Pompeius 之戰，取近事製史詩，而不雜神話，此作實爲最先。其後有 Silius Italicus (25－101)，作 Punica 十七卷。取材於 Livius 之史，而以 Aeneis 爲範，第用韻文述史事，未能造成史詩也，

Caius Valerius Flaccus (－88?) 仿希臘 Apollonius 作史詩 Argonautica，未成而卒。詩止八卷，述 Iason 航海求金羊毛事，而結構稍異前人。言 Medea 之愛，頗極優美，爲世所稱。Publius Papinius Statius 生 Domitianus 朝 (81－96)，以詩名世。所著史詩二種，均取材希臘傳說。一曰 Thebais，敍七人攻 Thebes 故事，歷十二年始成。亞力山大時，有詩人 Antimakhos 作史詩二十四卷，言此事始末，Statius 卽據以爲本，故頗冗長。起自 Etescles 兄弟之爭，至 Creon 不葬 Polynices，雅典王 Theseus 爲之復仇而止。刻畫凶戾之事，亦有辨學流風，唯本意乃別有在。Thebes 之役，希臘作者恆引爲罪惡循環之徵，Statius 則於此極言怨毒之害，以警當

世。二子絕兄弟天性，又違 Tiresias 預言，爲不義之戰，至 Mars 與 Minerva 皆爲退避不前。及 Creon 乃更恨及死者，Theseus 始爲直之。其非強暴而崇慈悲，頗與基督教旨相類，後世因以爲教徒，今亦不能詳也。次曰 Achilleis，咏 Achilles 一生事迹，僅成二卷。Troa 戰起，Thetis 鑒於神示，不欲 Achilles 與其役，匿諸宮中，Ulysses 偵知之，卒勸與偕去。詩所言止此，以後戰事，已見 Homeros 詩中，非後世模擬所及，Statius 此作，頗能自見所長，藏其所短。雖殘篇亦甚足貴，不以未成爲病也。又有詩集 Silvæ 五卷。Silvæ 者，希臘語 Hylê 之譯，本誼爲木爲材，辨學派用以稱詩文草稿。Statius 自言卽興賦詩，多由急就，未加修飾，遂以名集。總三十二章，太半酬應頌禱之作，對於君相，每有諛辭，蓋當時風氣使然。若個人感懷，則亦具眞性，如 Lucanus 生日及諸傷逝之作，皆是也。

十六　Nero 王朝有 Gaius Petronius Arbiter 作 Satyricon 十六卷，其人與文，皆特奇異。Tacitus 著史，稱其終日高臥，夜起治事行樂。而富於才，爲 Bithynia 總督，以幹練著稱。爲 Nero 所知，大得寵任，令主宰一切逸樂之事，故號 Arbiter。

後 Sejanus 嫉之,謂參與 Piso 逆謀,遂賜死。Petronius 置酒作樂,斷其脈,時復止之,俾弗遽盡,從容聽歌詩,或召奴僕加賞罰,不異平時。又作遺書,疏 Nero 凶行,封鈐以進。或謂卽 Satyricon,則於事理不合。蓋全書博大,非旦夕能就,且審覈內容,亦第實寫世相,非刺 Nero 也。

Satyricon 亦稱 Saturae,詩文間出,仍有雜調餘風。其體與 Varro 之 Menippae 相近,唯 Varro 以一篇記一事,自爲起訖, Petronius 則以 Encolpius 爲中樞,聯書中事迹而一貫之,頗類小說。希臘 Miletos 派著作,有 Sienna 譯本行於羅馬,Ovidius 文中曾及之。然希臘小說大抵有定式,如棄兒海賊之類,又尙華飾而失眞。Petronius 所述唯日常生活,有寫實之風,又多嘲諷,俱非當時小說所及。諷刺詩爲羅馬獨有之文學,Petronius 書則又其特出之作也。

Satyricon 原本十六卷,久亡失。一六六三年,法人 Marinus Statilius(Pierre Petit)在 Dalmatia 得古寫本,中存末二卷。其間復多殘缺,唯 Cena Trimalchionis 一章最完善,凡五十三節。述 Encolpius 與其友 Ascyltos 漫游至 Cumae,遇辯學教師 Agamemnon,引之赴宴。Trimalchio 出身微賤,積貲至

巨富，時時設宴款接士流，自附風雅，而言行鄙倍，不改故常．食客則極意逢迎之。描寫性格，各極其妙。德人 Bücheler 謂蓋取法於 Theophrastos 之人品(Kharakteres)，而復過之也。其敘述宴會情狀，足見當時浮華風氣。如蒸野彘以進，膳夫獵衣操刀抉其腹，有畫眉鳥飛出，旁有射鳥者執竿以俟，即復捕得之。或奉大筐，中伏木刻孔雀，探橐出卵以享客，則和粉為卵白，中置斑鳩一羽。Trimalchio 好與客談文，僞仆傷臂，即興賦詩。自言有希臘拉丁文圖書各一庫，而演 Homeristae 時，述 Troa 故事，錯雜無序。謂 Ajax 與 Achilles 爭 Iphgenia，因發狂。優人演 Ajax 者，乃驟前切蒸犢，以劍刺肉進客。皆極詼詭美妙，古文學中，殆鮮其匹，唯 Hêrodas 擬曲，差可彷彿。然擬曲以簡潔勝，Satyricon 則近於小說，故敘說詳明，形容世相，益得盡致也。

Aulus Persius Flaccus (34－62) 亦作諷刺詩，而不用雜調體．與 Petronius 異。幼喪父．受母姊覆育，疏於世事。後從 Cornutus 受學，奉 Stoikos 教。仿 Lucilius 等為諷刺詩。僅成六章．卒後其師校正刋行之。Lucilius 生民主時代，得自由言議。Horatius 溷迹世間，熟知社會情狀，故能深抉隱微，加以譏諷。Persius作詩,則僅以寓教旨。所刺亦多抽象事物,於世人無所專指,故辭意不及前人,唯崇高眞摯,是所獨有。操行亦特清純,在Nero朝諸詩人上也。

Decimus Junius Juvenalis(60—140)行事不可考,後人所作傳共十三篇,而糾紛違迕,愈不能通。但於Martialis詩中,知其素治辯學,至中年始爲詩,有諷刺詩五卷,凡十六章。當Domitianus王朝,道德廢壞,故侈邪僻之風甚盛,識者以爲憂,乃寄其意於文字。文有Tacitus所作史,敘政事之弛落,Juvenalis則以詩刺民間失德。自言厭聞神話史詩,不願更作,而遍觀世間,又多諷刺之資,故復不能不作。少時爲之剪髮者,今已致巨富,有數十貴族之產,以是不平,發爲詩歌。哀善士之困窮,譏刺世俗種種惡行尤力。亦常直舉姓名,如Lucilius所爲,然大抵已歿之人,尠及當世人物。傳言卒以詩忤優人Paris見放,唯其本末,今亦未詳。

Lucius Valerius Martialis(40—104)初依Annaeus氏,及Seneca敗,乃以詩干公卿爲生。Domitianus知之,召爲宮廷詩人。初作詩集二卷,皆格言聯句,爲投贈題識之用者。一曰酬酢(Xenia),咏食品。一曰貢賦(Apophoreta),咏庶物,自馬羸雞豚，以至一蓋一梳皆具。物雖瑣屑，而辭句甚警策，後併入全集中，爲第十三十四兩卷。Martialis 以詩銘(Epigramma)著名。其先 Seneca 與 Petronius 偶亦有作，各止數章。Martialis 始有專集，共十二卷。其酬應慶弔之作，多諛辭，謝侍宴詩至謂願辭 Jupiter 而就 Domitianus。又多有放佚語，世頗病之。唯敍羅馬當時風俗，類極詳盡，可資考證。其詩之精妙者，言簡意深，可與希臘作家比美。而墓銘尤佳。有題六歲女子 Erotion 墓詩云，

Rest on her lightly, O Earth, lightly she rested on thee.

可爲一例，Meleager 之 Aisigenes 墓銘，亦無以過也。

第十章　文四

十七　Nero 朝散文作家最著者,爲 Seneca 有論文十二篇.尺牘百二十四篇.自然現象研究七卷。Seneca 奉 Stoikos 派說.而不喜言學理.故論文多涉道德問題,示人處世之法。亦非自有主張.但隨時立論,主於利用。如作慈仁論以諷 Nero.或議其聚斂.則作幸福論(De Vita Beata)自解。晚年欲歸隱.作安息論(De Otio)。又見 Paulinus 以世務勞形.則作文論人生之短(De Brevitate Vitae)以喻之。自然現象研究(Quaestiones rerum naturalium)七卷,分論日光虹霓雷電水雪雹風地震彗星等,多用問答或尺牘體。蓋綴集羣言而成.可見當時學術思想大概。Lucretius 詩曾云.日之直徑,可尺有半。至 Seneca 已謂日大於地.且知地震起於火山.彗星循軌道而行.較百年前知識.已大進矣。

Gaius Plinius Secundus (23–79) 本貴胄.歷官顯要.而性好學,雖飲食或行旅時.不廢誦讀。隨手劄記,積稿百六十冊。後爲海軍大將.值 Vesuvius 火山暴發,馳赴之,欲觀其狀，爲煙氣塞息而死。其子整理遺稿，得日耳曼戰史二十卷，羅馬史三十一卷，投槍法一卷，文法八卷，自然史三十七卷。今唯自然史存。

自然史計序言目錄一卷，天文學一卷，歐亞非三洲地志四卷，人類學一卷，動物學四卷，植物學八卷，後十八卷論草木鳥獸金石可爲藥物者，工藝美術附之。雖以自然史爲名，性質實同類苑。據自序所記凡二萬事，而輯錄衆說，不加決別，併收志怪之言，如記非洲部落，有蔭足之民（Sciapodae）能舉足障日；無口之民（Astomi），齅花果之香味以生。又言海中多異物，蓋生物原子，受水風動盪，相結成形，故頗信神怪。唯其影響甚大，中古時歐洲諸國，率以此爲知識淵源，至近世實驗之學興，始漸廢也。

Marcus Fabius Quintilianus(35－96)初爲律師有聲，又以辯學授徒，一時名人，多出門下，如小 Plinius 及 Tacitus 皆是。論學以道德與文章並重，故感化及於後世者甚大。晚年爲 Domitianus 皇孫師保，授 Consul 勳位。所作有辯士教育（Institutia Oratoria）十二卷，雖專門之書，而以道德爲言論本源，言辯學乃推本於蒙養。卷一論小學教育，較量家庭與學校之影響，多有精意，故又爲後世言教育者所重。

Gaius Plinius Caecilius Secundus (62－113) 本 Plinius 外生，Plinius 卒無子，乃繼其後，世以小 Plinius 稱之。仕 Trajanus 朝，爲執政官，有謝表一篇今尙存，又尺牘十卷，末卷爲任 Bithynia 總督時作，實奏疏之類，後附批答。與尋常行世之尺牘不同，可考見當時情狀。

Publius Cornelius Tacitus (55－135) 出於貴族，歷任要職。初習辯學，及 Domitianus 末年，睹政事隳落，乃改治歷史。作史二部共三十卷。又 Agricola 傳 (De Vita Julii Agricolae) 一卷，述妻父行狀，雖多諛辭，而簡潔優美，爲傳記文上品。又有日耳曼志 (De Germania)，詳載地理人類物產制度宗教等，後世治神話民俗學者，於此甚得裨益也。

史記 (Historiae) 十四卷，書 Flavius 朝事，今存四卷半。紀年史 (Annales) 十六卷，今存十二卷，則上稽前朝 Julius 諸帝。Tacitus 嘗言將作史陳過去之苦辛，以證今日之太平，因推而上之，擬更作奧古斯德一代之史，未成而卒。而所謂太平時代，將於晚年寫成之者，亦終無記錄。Tacitus 作史，意在標揭善惡，爲世懲勸。唯惡每多於善，故常不勝憤慨，而於內亂尤所痛心。史敘 Cremona 之劫略云，未嘗爲外寇所害，而毀於內亂。又評焚 Capitolium 云，是爲羅馬建國以來未有之恥，主神 Jupiter 之靈廟，先人所建，以鎮守邦國者，雖異族勝軍，亦不敢犯，今乃以二帝之狂易，一旦毀之云云。可以見其意矣。

Suetonius (75－140) 爲小 Plinius 友，屢見於尺牘，又以學士 (Scholasticus) 稱之。所著雜書曰 Prata 蓋類苑之屬，今已亡失。又有名人列傳 (De Viris illustribus)，分詩人演說家哲學者辯學家文法家六類，今存末卷，及詩人傳三章，即 Terentius, Horatius 與 Lucanus 也。帝王列傳 (De Vita Caesarum) 十二篇，記該撒至 Domitianus 諸帝行狀甚詳，可與 Tacitus 史互證。Tacitus 作史最重義法，慎於取材，嘗謂瑣屑細故，不能入史，止足登之日報。而 Suetonius 則掇拾浩博，飲食談笑之微，亦並詳錄，別有可取。又記諸人容貌極詳盡，後世據以考證古羅馬諸帝造象，甚得其益云。

第十一章　雜詩文

十八　羅馬自 Hadrianus 卽位，至於東遷，四百餘年間，(117－526) 文藝鮮可稱道。蓋希臘文化，漸復流行，希臘文人如 Plutarkhos 及 Lukianos 等，皆出此時。羅馬皇帝 Marcus Aurelius (121－180) 治 Stoikos 派哲學，亦用希臘文著書十二卷，自述感想。其後 Julianus (331－363) 亦然。又自九十八年 Nerva 歿後，帝位歸於外族，民種愈雜，國民精神，漸失統一，文藝遂亦不振。間有作者，大都客籍之民，已非復純羅馬人矣。

二世紀時，有近代詩人 (Poetae Neoterici) 者出，改作詩體，力求單純，唯所作傳世極少。Nadrianus 亦能詩，屬此派，有小靈魂 (Animula) 一章，問魂將何往，乃自悼之類，情辭宛轉，獨具美致，非僅因人而得存也。又有愛神之夜禱 (Pervigilium Veneris) 一篇，不詳撰人姓名。Hadrianus 復興 Venus 之祭，春時歌舞迎神，以祈長養，此篇咏其事，凡七節九十五行。純樸詼詭，如古 Fescennini 曲，述物色之美，又似 Vergilius。每節末有重言云。

Loveless, mayst thou love tomorrow;

Loving, still tomorrow love.

英人 Walter Pater 以爲此蓋當時民歌，詩人采綴入詩，又足之成全篇也。詩本爲迎春而作，故多歡愉之音。唯末節云，鳥鳴於澤，或白楊之下，而吾乃沈默，吾之春時，何日方至，吾乃得如燕子，不復喑乎。則轉入惆悵，此蓋純爲個人抒情之詞，與民間賡歌，故復不同也，

Decimus Magnus Ausonius(310－395)生於法國之南方，初治辯學，爲 Bordeaux 大學教授。後入爲皇子師保，以功得官，進至執政。時羅馬已以基督教爲國教，Ausonius 因亦改宗，唯其詩別無宗教感化，大抵自述身世之作。有日務(Ephemeris)一卷，記日常行事頗詳。又詩銘一卷，傷逝諸什最佳。

Claudius Claudianus(365－404)本希臘人，居亞力山大府，後至羅馬，習拉丁文，作詩多記當世大事。以前代名人爲師法，故文辭雅正可觀。Rutilius Namantianus 系出高盧，生五世紀初，有詩二卷，希望太平，欲合天下爲一家，猶有羅馬

精神。唯時局紛紜,日益離散,終有東遷之事,而羅馬國民之詩,亦遂至 Namantianus 而絕矣。

十九 羅馬末期散文著作,幾於盡出非洲。Juvenalis 詩已言亞非利加爲律師誕育地,其來已久,至是乃益著。Marcus Cornelius Fronts (100－175) 生於 Numidia,講學羅馬,曾爲 Aurelius 師,官至執政。著尺牘五卷,尙存。Aulus Gellus 爲 Fronto 弟子,又游學雅典,治哲學。歸後編定手記,成書曰 Noctes Attici,凡二十卷,自宗教哲學,政治制度,以至博物考古,史傳文學,無不畢備,而論文法字義者,尤爲後世所重。其書雖近類典,然大率設爲友朋談論之辭,以聯貫之,蓋襲用 Varro 等之成法也。

Apuleius 以百二十五年頃生於北非洲之 Madaura。游學希臘,嘗至羅馬爲律師。後行旅過 Oea,識嫠婦 Aemilia Pudentilla,隨娶之。婦家不許,訟於官,以爲妖術媚惑,Apuleius 乃作論辨(Apologia)以自解。後定居 Carthago,專事著述講演,甚得國人敬重,至爲之造象焉。講學宗 Platon,作書二卷闡明其說。又有英華集(Florida)一卷,自選演說文二十四首,爲學子模範。唯其傑作,則爲小說變形記十一卷也。

變形記(Metamorphoses)一名金驢(Aureus Asinus),記人因幻術化驢,終以神力得復人形,與希臘小說人或驢(Lukias ê onos)事跡相類,自言仿 Miletos 派小說而作。九世紀時君士但丁主教 Photius 云,曾見 Patras 人 Lukias 所述志怪,爲人或驢所從出。蓋古時本有此說流行民間,爲 Milesiaka 之一種,Lukianos 與 Apuleius 皆據以作書,各有增損,故頗復不同。變形記言 Lucius 行旅至 Thessalia,寓親屬家中,其妻 Pamphilê 善幻,能化鳥飛去。Lucius 請於其婢 Fotis 竊藥自塗,誤化爲驢。倉卒不得解藥,暫伏廐中,入夜盜至,并虜之去。遍歷諸難,後一心祈 Isis 神乃現形,令食薔薇花環,得解,遂受戒爲 Isis 教徒。殆 Apuleius 自道,故書中初以 Lucius 爲希臘人,至末乃言是非洲 Madaura 人。其結末殊莊重,與希臘小說異,蓋游戲之作,而轉爲譬喻,別有寄託者也。

變形記概要,與人或驢相同,而描畫益詳,且多羼入故事,如卷一 Sokrates 之死,無鼻人之自述,Lucius 之殺三酒囊,皆極詼詭可喜,蓋亦取之 Milesiaka,藉作藻飾者也。

驢自盜窟遁出後，爲 Charitê 家奴貨諸方士，又展轉爲磨工園丁游兵庖人所得，多閱世故，書中記其見聞，多涉人世罪惡，如卷九記婦人行詐事四，卷十記謀殺事二，皆極凶戾。唯文情幻化，不與實世相接，故不令讀者生怖。且時雜滑稽趣味，或轉入優美莊嚴之世界，如愛與心故事，及 Isis 戒儀，皆 Apuleius 書所獨有，較之人或驢，殊勝之矣。

愛與心故事 (Fabula de Psyche et Cupidine) 本希臘童話，經文人編述爲 Erotika 類小說，Apuleius 又釆掇入書，賴以得傳，影響於後世文學美術甚大。或演繹之，以爲言愛之譬喩，唯此實後起之說。初本出於原始民俗，在傳說中，屬破禁(Broken Tabu)類。列國多有其說，第見於文章，則此爲最先。故名亦最著。緣其說既可供民俗學之考證，又經文人潤色，獨具優美之致，復與民間傳說不同也。

二十　聖保羅生一世紀時，本猶太人，隸屬羅馬，奉基督教，終生奔走，以傳道爲事。用希臘文作與羅馬人書，存新約中，實爲教徒功首。爾時羅馬文化漸就零落，人心搖動，及聞天國之義，遂多起而從之，至三二五年，Constantinus 乃定基督教爲國教。Plotinus (204－270) 本希臘思想，和以東方密宗，立 Neoplatonism。作九卷書（Enneas），宣傳誼旨，一時歸者頗衆，勢足相抗。四一五年，宗徒 Hypatia 爲耶教徒所殺，此派遂絕。基督教之勢力，遍於歐洲，羅馬實爲中樞。宗教著述，盛極一時，故記羅馬文學，以基督教作者終焉。

基督教著作，初多限於護教。三世紀時，St. Hippolytus 曾列舉旁門之說，凡三十四家，其時論辨之烈，可以想見。及宗信定於一尊，始漸有文學出世。St. Ambrosius (340－397) 爲主教，箋釋創世記。又仿 Cicero，爲文論牧師職分。St. Hieronymus (331－420) 以拉丁文譯舊約及福音書使徒行傳等，爲後世聖書定本，即所謂 Vulgata 是也。St. Augustinus (354－430) 生於 Numidia，少時放逸不羈，偶讀聖保羅書，遂改行，歸基督教，後進職至主教，作懺悔錄（Confessiones），述少時情事極美妙，爲自敘（Autobiographia）類中傑作，不僅以宗教得名也。

歐洲文學史第三卷

第一篇　中古與文藝復興

第一章　緒論

一　自西羅馬亡，至文藝復興，歷年千餘，稱曰中古，爲希伯來思想最盛之時。其時列國分立，屢興兵革，民無所託命，遂多悲觀，願脫離現世以得安息。於是基督教勢力，風動一時，教徒事業，在自度度人，滅體質以救靈魂，去人世而歸天國，以苦行斷食，祈禱默念，爲專一之務，恐理知有妨信仰，情思發動，又足爲向道之累，故藝文學術，無不屏絕，哲學亦降爲神學之婢（Handmaid of Theology），屬於學林（Schola），教徒專攻之，大抵附會曲解，非復希臘羅馬時哲學，能研求眞理者之比矣。又據舊約書說，以爲人性本惡，世人得此教訓，則或入苦行（Asceticism），或爲玩世（Cynicism），趨向雖不同，而否定人生則一，更不以扶植文化爲志，故史家名此期爲黑暗時代也。

基督教徒以天國爲歸宿．現世則試驗之地 (Probatio)，所在有撒但 (Satan) 誘惑．引人入於魔道。諸凡美與悅樂。皆卽罪惡之餌．禁戒唯恐不嚴。個人之肉體，尤爲入道障礙，用諸苦行以克制之．如十二世紀時，伊大利有高士 Santo Francesco，敝衣蔬食．日日以鐵索自鞭其身，卽其例矣。故希伯來思想，純爲出世之教．與希臘之現世主義正反。然雖相反．而復並存，史家所謂人性二元 (The Pagano-Christian dualism of human nature)，不能有偏至者也。故凡理想與實在，個人與社會．理性與感情．知識與信仰．或體質與精神．皆爲此二者之代表．互相撐拒，以成人世之悲劇．而人生意義．亦卽在斯。卽文藝思想消長之勢，亦復如是．而其跡在中古爲尤著也．

中古時希伯來思想．雖陵駕一切，而異教精神 (Paganism)．出於本能．蘊蓄於人心者，亦終不因之中絕。一與事會．輒復萌發。故封建制度與宗教狂信 (Fanaticism)，合爲十字軍．而騎士文學．亦從此起。Trobador 繼作，歌神聖之愛，不違正教，然發抒情思．已不安於枯寂。游學之士 (Clerici Vagi)．身在教會．而所作浪游之歌(Carmina Vagarum)，則縱情詩酒，多側豔之辭，殆純爲異教思想。及東羅馬亡，古學西行，於是嚮者久伏思逞之人心，乃藉古代文明，悉發其蘊，則所謂文藝復興(Renaissance)是也。凡此變遷，皆人生生力之發現。時地有異，故形式亦殊，然其樂生享美之精神，則固同出一本者矣。

第二章　異教詩歌

二　歐洲民族，其重要者，可分三族，一拉丁，二條頓，三斯拉夫，其下又有分支，頗爲繁雜。唯藉宗教之力，爲之維繫，故文化常能一致，歐洲中古文學，亦以教會爲根據，唯各民族之原始文學，因此又多湮沒，蓋儀式贊頌之歌，非依信仰保持，不能存在。基督教興起，舊日典禮既廢，禮拜歌詞自亦絕於人口，故古代頌歌，無得而聞焉。神話史詩，存於今者，亦已極少，略舉概要如下，

一英國史詩 Beowulf，其文義云蜂狼，謂熊也，爲古北歐英雄。詩記其人爲丹麥王殺巨人 Grendel，後五十年，又爲民除火龍之害。初本短篇，流布北地，及英人渡海，定居不列顛，此歌亦與俱來。後人集錄，彙爲長歌，凡三卷四十二章。今所傳者爲七世紀寫本，已多後世基督教人修改，然其精神，則固爲古條頓人之信仰。Beowulf 將與巨人戰，恐不敵，曰，倘其死也，命之所定，人孰能逃命 (Wyrd)。此委心任命之意，卽與基督教思想異者也。

二德國　Hildebrandlied，本Dietrichsaga 中之一部。敘Hildebrand 浪游三十年，歸途遇其子，不相識，因相决鬥事。今存六十九聯，爲八世紀時教徒所錄，首尾已不完。此他猶咏 Hildebrand 之歌，唯屬於武士文學，與此不同矣。

三北歐　Edda，有新舊二種。伊思闌人Snorri Sturlusson (1178－1241) 初集神話傳說及詩法，爲書曰 Edda，蓋出於 Ódhr 一字，義云詩。至一六四二年，Bryniolf Svensson 發見一書，亦同此名，疑是十二世紀時人所編，遂名之曰舊 Edda，而以 Snorri所編者爲新書。舊 Edda 凡三十三篇，史詩居三之二。其中數章經後人纂辭，然古代條頓人之風俗思想，多賴以傳。Snorri又著家乘(Heimskringla)一書，本爲歷史，而所錄多傳說，爲後世文人所重，常取材於此焉。

四俄國自古有故事詩曰 Bylina，皆敘古英雄事迹。最有名者爲 Igor 之歌，記一一八五年Kiev王 Igor 攻南方回族敗歸之事。時雖已歸基督教，唯精靈信仰 (Animism) 之迹，仍甚明顯。Igor 之敗，草木悲涼，伏地哀歎。念日神(Dazhbog)子孫失其威榮，屈於強暴，此後時光，更無歡樂也。Igor 妻 Jaroslavna 歌尤佳，對於風日川流，各抒哀怨，純樸優美，本詩中即比之鷓鴣之悲鳴云。

五 Celt族天性愛美而善感，富於詩歌。Arthur傳說起原Wales，言六世紀時與英人戰事。後流轉入英法諸國，合於武士文學，影響遠及後世。Celt族優美之思想，亦多藉是以傳。此他著作，則以言文隔絕，少知於世。

此外各國民歌俗謠，雖采錄之事，近世始盛，然發源皆甚早。與鄉村傳說，同其源流，歷代口傳，以至今世，其中含有異教思想者不少。是皆民間文學之留遺，而後世詩歌小說之發達，亦頗借助於此也。

第三章　騎士文學

三　中古歐洲,因基督教之力,信仰漸就統一。封建制度,亦方盛行。以此二大勢力,互相調和,造成時代精神,卽世所謂騎士制度 (Chivalry) 是也。終則發爲十字軍,信神忠君,重武尙俠之氣,悉發揮無遺蘊。當時文學,乃大被影響,而生變化。蓋騎士生活,本多瑰奇之趣。當時人心,又久倦於枯寂,喜得此發泄之機會,以寫情緒。此詩歌小說勃興之所由來,而教徒文學,亦以此稍衰矣。

各國古代,皆有行吟詩人,如希臘之 Rhapsôdos,或寄食王家,或游行各地,歌英雄事迹爲生計。及基督教流行,此業漸衰。十字軍興,基督教之武士,一變而爲史詩之主人,遂復盛行於世。蓋事迹旣甚適於小說,其制度又爲當時政教之結晶,故甚爲當世愛重。詩多類似,大抵以戰鬥爲主。其人多獷野,然與殺伐時代之精神,實相一致。茲舉其最著者如下;

一法國史詩 (Chanson de Geste),述 Arthur 外,多咏

Charlemagne 君臣事業，以 Chanson de Roland 一篇爲最勝。七七八年時，Charlemagne 南征，班師過 Ronceveaux，爲土人所襲，後衞皆戰歿，Hroland 其一人也。詩爲十一世紀中葉所作，述此事始末，唯以 Basque 爲亞拉伯人，故與當世思想尤相合。

二西班牙之 Poema del Cid，蓋仿法國史詩而作。敍 Ruy Diaz de Bivar 與回教徒戰事。亞拉伯人敬畏之，故稱之曰主(Sidi)，卽 Cid 字所從出。詩亦千一百五十年頃作。

三德國之 Nibelungenlied，十二世紀作。敍 Siegfried 之死，與 Nibelung 族之亡。Siegfried 殺龍事，又見於英雄書(Heldenbuch)，蓋傳說中常見之事，至其死於 Brunhild 之報復，則出舊 Edda 也。

四英國史詩 Brut，爲 Layamon 著。十二世紀中葉，有 Geoffrey of Monmouth 著不列顚諸王史，謂 Aeneas 子 Brutus 始至不列顚，建立邦國。法人 Wace 采譯爲詩曰 Brut d' Angleterre。十三世紀初年，Layamon 復編譯爲古英文，言 Arthur 王事特詳。至 Thomas Malory 以散文作 Morte d' Arthur (1485)，會萃衆說，益臻美備，爲 Arthur

王傳說之淵藪矣。

四　戰爭之詩歌，終復漸就衰頹，轉爲咏歎戀愛冒險之事，遂有 Épopée Courtoise 者，代 Chanson de Geste 而興。其所取材，亦多在 Arthur 一派，於是 Celt 優美之思想，勢乃大張。詩中人物行事，不復獷野如前。且對於女子之意見，亦復一變。昔以女子爲罪惡之源而憎惡之，爲人類之弱者而保護之，亦無所謂純潔高上之愛者，時乃崇拜甚至，視爲慈惠愛情之化身。昔以爲 Eva 者，則一轉而爲聖母。人世愛情，乃至微妙不可測，神聖不可犯。此種思想，散布全歐，好武之風，移於尙美。美之崇拜，乃入於神祕主義(Mysticism)，而抒情之歌，終代敍事詩而興起焉。

抒情詩之作，法國爲盛，然實承 Provence 餘緒。當十二世紀中，爲 Provence 文學最盛時代。詩人曰 Trobador，太半貴族，有歌人曰 Joglar 者，受其詩，行吟各地，傳揚作者聲名。詩分諷刺 (Sirventes) 豔歌 (Chanso) 二種，以神與愛爲詩材。主臣之分，推及於愛戀之事，詩人競唱 (Tenso)，以女子爲主裁，不異於武士之角技(Tornoiement)。蓋由其地氣候溫和，土地肥沃，民生樂康，情思豐富，故能有此，且自由之思想，亦有以助成之。唯終以宗教衝突，有 Tonlouse 之役(1218)，文化奄然俱盡。是時法之 Trouvere 與 Jongleur，乃繼承而發揚之。在西班牙則有 Trovador 與 Juglar，皆出於 Provence 詩派。德之 Minnesinger，亦羣起於 Swabia。英自昔有 Scôp 與 Gleoman，唯其遺迹僅留於 Widsith 及 Deor 二斷片中。至十三世紀末，行吟詩人復興，而多模擬法國，以 Alysoun 一篇爲最佳。今所稱北風(Blow Northerne Wind)鶺鴒(Sumer is ycumenin)兩章，則皆出俗謠，非詩人創作也。

第四章　異教精神之再現

五　中世基督教嚴肅思想，束縛人心者劇甚，於是漸生反動。騎士文學，轉爲 Trobador 詩歌，人間情愛，遂爲文藝本質。唯其外觀，與教宗仍若不甚違忤。當時傳說(Legend)，亦多似之。如法國古德 Abelard 之愛 Heloise，後世傳其簡牘，情絕純摯。又有德國歌人 Tannheuser 入愛神之山(Venusberg)，久而厭倦，返求法王宥罪，不得而死諸說，皆是也。此諸著作，雖語有檢束，不盡其意，而是認人生，反抗出世教之精神，已顯然可見。至法國 Aucassin et Nicolete 一篇，乃直言無所隱飾，幾純爲異教思想矣。

Aucassin et Nicolete 爲十二世紀半作。詩話間出，故文中自稱 Chantefable，蓋彈詞之屬，爲古文學中所希見。書敍 Aucassin 悅 Nicolete，而其父 Garins 伯爵阻之，謂敢娶 Nicolete 者，當被詛祝，墜入地獄。Aucassin 終不聽，謂不欲居天國，與衰癃之長老伍。惟願偕 Nicolete，與世之學士文人，美人豪傑俱入地獄中云。現世思想，已極彰著。英人

Walter Pater 論之曰"中古文藝……復興時，人人欲得心之自由，求理性與神思之發展，是時有一極大特色，卽非禮法主義(Antinomianism)是也。其反抗宗教道德，尋求官能與神思之悅樂，對於美及人體之崇拜，皆與基督教思想背馳。其尊崇愛戀，如新建宗教。是蓋可謂之異教諸神之重來。如古傳說所言，Venus 未死，但匿居山穴，時至復出。是餘諸神，亦仍往來人世，唯變服爲……種種狀而已。" Aucassin 之語，最足爲此樂生思想代表。浪游之歌，亦復如是，而其書又出於教徒，則尤足注意者矣。

浪游之歌 (Carmina Vagorum) 不詳著者姓氏，蓋詩選類，今存十三世紀時寫本，爲 Bavaria 教會舊藏。游學之士 (Scholares Vagi) 各國皆有之，遍歷歐洲名都，以求學問，初不限於一族。唯所作詩皆用拉丁文，又仿中世工會 (Guild) 之例，共奉 Golias 爲師，自稱 Goliardi。游學者本屬教會，故詩亦多仿宗教頌歌體式，唯其內容，則爲詩酒愛戀三者，背棄宗信，脫略禮法，以樂生享美爲人生目的。謂酒家之可尊，過於聖廟。此基督教 Clergi vagi 之歌，與 Anakreon 相去，乃已不遠。可知希臘思想之萌動，蓋出人性自然，初不盡由模仿也。

浪游之歌太半言愛戀，唯既非騎士文學中之女子崇拜 (Gynaeolatria)，亦無神祕思想，但以為生人之愛而歌之耳，凡所讚歎，亦皆官能之美。有 Lydia Bella 及 Saevit Aurae 諸詩，咏人體美，最著名。Gaudeamus Igitur 一篇，於送葬後歌之。言人生實短，死後歸於虛無。故當及時行樂。更不信有來世，亦不信有靈魂。其思想與當世信仰制度，已不相屬，復歸於異教精神，開文藝復興之先路。浪游之歌，本一時寄興之作，亦非別有主張，唯言養生享樂，保持人性之本然，則與文藝復興時人間本位主義，實相一致。故觀於此詩，已大可見新時代之趨向也。

第五章　文藝復興之前驅

六　意大利文學，在中世殆無所表見。蓋其國襲羅馬之遺，封建制度無由樹立，故騎士詩歌略無所聞。Provence 詩風雖盛行，顧皆模擬而少特色，唯 Guido Guinicelli 及 Guido Cavalcanti，稍有聲望。其民族勢力所儲，乃別有在。古希臘羅馬之文化，涵養人心，造成時勢，遂有文藝復興之盛，而以三人爲前驅。Dante 作神曲，Boccaccio 作十日談，立意大利詩文之極。Petrarca 爲最後之 Trobador，振興抒情之歌，又爲提倡古文學之第一人，尤有功於世。

Dante Alighieri (1265－1321) 爲 Florence 世族，奔走國事，不得志而歿。少時受 Provence 詩派影響，多作抒情詩。嘗愛 Beatrice (de' Portinari)，作詩頌之，成集一卷曰新生 (Vita Nuova)。其言愛情，本爲 Trobador 一派，後以 Guinicelli 感化，轉入密宗(Mysticism)。以爲美善合一，故崇 Beatrice，近於神明，而愛則入聖之功也。又作神曲 (La Divina Commedia)，寓其思想，爲世界名著之一。詩凡三部，記羅馬詩人 Vergilius，導之夢游三界事。先過地獄界(Inferno)，下陷如杯，分九層，有罪者列居其次，末層至隘，居極惡者三人，爲賣耶穌之弟子 Judas，刺該撒者 Brutus 及 Cassius，與撒但共處。次至淨罪界 (Purgatorio)，爲一山，分七級，居者視懺悔之力，次第上升，頂卽樂園。最後至天國(Paradiso)，善人所居，Beatrice 出迎，引之使對上帝，此其大略也。神游幽冥之說，古多有之，Odysseia 及 Aeneis 中，皆言其事。Dante 未見Homeros，故舉 Vergilius 爲導，亦以其詩讚頌羅馬，與己之政見相合故也。神曲自昔稱難解之書，箋釋不一，據其所著王國論 (De Monarchia) 攷之，約略可通。大意謂政教並立，皆以福民爲事。王者以人智治國，使人能守哲理道德，得現世之福，法王以神智化民，引人入於宗教信仰，得久遠之福。Vergilius 爲人智之代表，故導 Dante 至樂園而止。Beatrice 則爲神智之代表，乃能導之入天國。其言極惡者舉 Judas，蓋以其賣基督教主故，Brutus 等，則以殺羅馬第一君主故，卽因其破毀政教故也。詩中悔罪受福之說，大抵出於 Thomas Aquinas 之神學，今不具論。Guinicelli 言美善合一，亦本 Aquinas，故 Dante 思想，實合煩瑣哲學,與Trobador詩派而成。神曲一書,雖爲譬喩(Allegoria),用以宣傳奧義,唯所重仍在 Beatrice。故其爲此詩,亦正以言神聖之愛,猶作新生之意也。

Francesco Petrarca (1304–1374) 父爲Florence 律師,與 Dante 同以國事被放,流寓於法。Petrarca 遂自幼承Trobador之影響,學爲詩歌,又治古代文學。父死無所依,入教會爲長老,唯仍專心學問,作詩不輟,詩之本源,與 Dante相同,並出於情愛。嘗識一武士之妻曰Laura (de Sade),思慕之情,均寄於詩。而 Laura 旋卒,人世之愛,轉爲靈感,中心永慕,如對神明。Dante之於 Beatrice,殆可仿彿,蓋並出密宗思想。又極喜古學,游行各地,蒐訪拉丁古文著作,不遺餘力。身爲教徒,而甚崇古代異教文化,嘗自言其所處境地,在 Augustinus 與 Vergilius 之間。蓋其神往古昔,欲使基督教與異教思想,得相調和,意至深切,於文藝復興之運動,實大有力也。

Giovanni Boccaccio (1315–1375) 亦 Florence 人。幼從父業商,棄而學律,復不愜意,改治希臘文學。與 Petrarca 友善,亦致力於古學。著作甚多,以小說爲最善。Filocopo 仿

Aucassin et Nicolete 述古時傳說，爲中世散文小說之始。Ameto 則 Longos 一流之 Pastorale，寫理想之牧人生活。Fiammetta 言女愛 Pamfilo，而其父召之歸去，因自陳哀怨。蓋實 Boccaccio 假此發抒己意，爲後來自敍小說之源本。十日談(Decamerone)尤有名，爲其絕作，書言一三四八年頃 Florence 大疫，有士女十人，避地村落間，述故事以消長日。人各一篇，凡十日，共一百篇。會萃衆說，假設事迹以聯貫之，古昔多有此體，如印度之 Panchatantra，亞拉伯之一千一夜，皆是。Boccaccio 蓋仿爲之，所收小說，亦非盡出己作，率取材於故事俗說，而一經運化，無不美妙。敍述仿 Apuleius，間或失之不莊。唯其清新愉樂之精神，乃能於陰鬱之中古時代，開拓一新方面，功績甚偉，不僅爲意大利散文開祖已也。

英國有 Geoffrey Chaucer (1340－1400) 系出北人(Norman)，以王事使法意諸國，遂仿其詩風，作詩數篇。晚年作 Canterbury Tales，雖仿十日談，亦自具特色。詩言有巡禮者三十一人，集於旅次，共赴 Canterbury 大寺。途中各說故事，以慰岑寂，而所作祇二十四篇。其序言一篇，寫旅人風釆言動，頗極其妙。William Langlend 於十四世紀中葉，作 Plowman Pier 一詩，述夢見農夫 Piers 導之尋求眞理，遍歷諸境，終得神智。亦譬喻體，與神曲相似，然非出於模擬。描寫世相，特可推重，至其非難教會行事，已張宗教改革之先聲，與 Wyclif 並稱。英自北人入國。言語紛歧，Wyclif 譯新約，流布民間，英語之勢始張。至 Chaucer 而大定，立近世文學基本。而革新之機，則仍來自意大利，距 Chaucer 之死，已百年矣。

第六章　文藝復興期拉丁民族之文學

七　文藝復興發端於意大利，漸及法德英西諸國。顧其勢力在意最盛，前後歷十四五兩世紀，各國則略遲百年。其後雖就消沈，而精神深入人心，造成偉大之文學，至十八世紀後半，始復變焉。

一四五三年，土耳其王摩訶末二世取君士但丁堡，東羅馬之學者，避地於意，挾古文書與俱，是爲意大利文藝復興之始。德人 Gutenbery 始作活字板(1435)，英意荷蘭繼之，是爲文藝復興勢力流布之始。唯此皆已著之事迹，至其發動之精神，則仍由國民之自覺，實卽對於當時政教之反動也。邦國爭長，各以縱橫機詐相尙。教會信仰漸失，而威福轉加。各國行吟詩人等，對於教徒之不德，久多譏刺之詞。且嚴厲之 Asceticism，厭制人心，久不可堪，而法王教正，復不能爲超人間之卓行，作人民模範。則懷疑以生，舊日宗信，漸漸動搖。久蟄之生機，俄忽覺醒，求自表見。終乃於古學研究中得之，則遂競赴之，而莫可禦矣。基督敎欲滅體質以救靈魂，導人與自然離絕，或與背馳。而古學研究則導人與自然合，使之愛人生，樂光明，崇美與力。不以體質爲靈魂之仇敵，而爲其代表。世乃復知人生之樂，競於古文明中，各求其新生命。此文藝之盛，所由來也。

十五世紀中，意大利治古學者極盛，志在調和古今之思想，以美之一義貫之，Platôn 之學遂大行。眞美之愛，同出一源，與中世 Trobador 所謳歌，頗有相似，世多好之，如 Petrarca，卽先覺之一人也。Marsilio Ficino (1433－99) 則注畢生精力於此。Cosimo de' Medici 祖孫，提倡最力。Lorenzo Il Magnifico 於講學之餘，多所著作，仿希臘牧歌式作 Ambra 等詩數章，甚爲世所稱。當時文士，多游其門，如 Pulci 與 Sannazaro，皆是也。

Luigi Pulci (1431－87) 爲 Lorenzo 摯友，著 Morgante Maggiorre，取材於傳說，而文特詭異。對於教會，似疑似信，讚揚與嘲罵間出。論者紛紜，不能明其指歸。大抵當時人心趨向，頗與此相類，是詩足爲象徵。又以詠諸美妙，頗得世譽，爲後來諸詩之宗。Matteo Mavia Boiardo (1434－74) 之 Orlando Innamorato，亦記 Orlando 事，而敷敍故事，別無新意,後 Lodovico Ariosto (1474－1533) 作 Orlando Furioso, 卽汲其流,咏中世之騎士,而著想陳詞,不爲時代所限。至引希臘神話,以爲藻飾。書閱十年始成,在今視之,雖僅如古錦繡,止有色彩悅目,然影響於當時文學則甚大。叙事之詩,於是復盛行。唯武士制度,旣就衰廢, Pulci 與 Ariosto 等,又以詼詭之詞,潤色其詩,後之作者,多仿之爲假英雄詩。Teofilo Folenga 作 Orlandino, 則竟以武士爲嘲笑之具矣。Jacopo Sannazaro (1458－1530) 作 Arcadia, 爲後世Pastorale之模範。雖其先 Boccaccio 著Ameto, 唯影響所被,不及此書之廣大。Arcadia 一篇,蓋實集合 Theokritos 與 Vergilius二者而成,尤足爲古典文學之代表也。

Niccolo Macchiavelli (1469－1527) 著帝王論(Il Princep), 立意大利散文之則,簡潔明晰,不事修飾。唯其提倡權謀,雖重私德,而公德則不論是非,但以利害爲準,議者以爲詭辨之詞,適足爲暴主所利用。或又比之 Swift 之諭僕文,以爲假反語以刺時政。然亦唯對於法王之治,稍有微詞,別無譏諷之迹可見。蓋 Macchiavelli 之爲此書,不過聊寄救國之忱,據當時情狀,固不能求同志於齊民,唯有期諸執政者也。稍後有 Benvenuto Cellini (1500－72)自傳,多大言,而質白率眞,不違人情。後世比之 Rousseau, 亦文學之瑰寶也。

Ariosto之後.有 Torqua to Tasso, (1544－95), 爲詩人 Bernardo 子。初學法律.而性好文學,游 Alfonso 門下。作 Aminta, 寫一誠信安樂之理想世界.與權詐奔競之現世相照。又仿 Ariosto 爲史詩曰 Gerusalemme Liberota,紀第一次十字軍救耶路撒冷聖地事.當時宗教改革之反動.與文藝復興之餘波.結合而成此作.描寫人情.又極巧妙.世有勝於所師之譽。Tasso 作此詩.本至虔信,而察教會之意,似尙不愜。因發狂易.自疑爲外道.奔遁於路。後復返 Ferrara,又疑僚友嫉妬.力與鬥.遂被幽於寺七年,乃得釋。狂疾偶已.輒復著作。又十年卒.而意大利十六世紀之文學,亦與之俱就結束矣。

八 十六世紀法國文學.亦興於宮廷。Francis 一世有女弟曰 Marguerite (1492－1594).首仿意大利 Sannazaro 之 Arcadia, 爲 Pastorale。又仿 Decamerone 作七日談(Heptaméron),多嘲弄教徒之不德,莊諧雜出.而終以教訓。

廷臣 Clément Marot 致力於抒情詩，爲七星派先導。七星(Pléiade)者，Pierre Ronsard 與 du Bellay 之徒七人，結社治古文學，以迻譯仿作爲事。一五四九年，始宣言改良俗語，用之於詩。雖或仍事雕琢，有失自然，唯其主張，欲根據古學，利用俗語，以求國民文學之興起，則甚有益於後世也。

François Rabelais (1490—1552) 初依教會，而性好學，乃去而學醫。一五三二年著 Chroniques Garsantuines，敍一巨人事迹。次年續作 Panatgruel，顛到其名字，自署曰 Alicofribas Nasier。其詞詼諧荒誕，舉世悅之，唯荒唐之中，仍含至理。Rabelais 以眞善爲美，對於當時虛僞惡濁之社會，抨擊甚力，因晦其詞以避禍。巨人 Pantagruel 生而苦渴，唯得 Bacbuc 聖廟之酒泉，飮之乃已。Panurge 欲取妻，不能決，卜於聖瓶之廟 (La dive Bouteille)，而卜詞則曰飮。言人當飮智泉，莫問未來，渴於人生，飮以知慧，此實 Rabelais 之精義。其順應自然，享樂人生之意，亦隨在見之。書中文多蕪穢，則非盡由時代使然，蓋蓬勃之生氣，發而不可遏，故如是也。Michel de Montaigne (1533—92) 隱居不仕，作論文一卷。樂天思想，與 Rabelais 相似，而益益靜定。格言有云，吾何所知，足以見其懷疑之精神矣。

九　西班牙文學，至十六世紀始盛，唯多模仿古代及意大利之作，Jorge de Montemayor 之 Diana Enamorada，其最佳者也。Diego Hurtado de Mendoza (1503－75) 本爲軍人，後轉任外交一五五三年著 Lazarillo de Tormès，其後 Mateo Aleman 繼之，世稱Picaresco，頗足見當時社會情狀。道德頹廢，習於游惰，教會詭辨盛行，以僞善隱惡爲正，人人俱欲不勞而獲，於是欺詐之風大張。Lazarillo 卽爲之代表，其人洞悉世情，乘閒抵隙，無往而不利。及 Quevedo 著書，則意思深刻，文詞雅馴，而諷刺銳利，可與前之Lukianos，後之 Swift 相並，尤爲不可及也。

Miguel de Cervantes Saavedra (1547－1616) 作小說 Don Quixote，爲世界名作之一。論者謂其書能使幼者笑，使壯者思，使老者哭，外滑稽而內嚴肅也。Cervantes 本名家子，二十四歲從軍與土耳其戰，負傷斷其左腕。自 Messina 航海歸，爲海盜所獲，拘赴Algiers，服役五年脫歸。貧無以自存，復爲兵者三年。後遂致力於文學，作戲曲小說多種，聲名甚盛.而貧困如故,以至沒世。所著小說 Galatea 及 Novelas Exemplares 等,皆有名,尤以 Don Quixote 爲最。Don Quixote 本窮士.讀武士故事,慕游俠之風.終至迷惘,決意仿行之.乃跨羸馬,被甲持盾,率從卒Sancho.巡歷鄉村.報人間不平事。斬風磨之妖,救村女之厄.無往而不失敗。而Don Quixote 不悟.以至於死.其事甚多滑稽之趣.是時武士小說大行於世.而紕繆不可究詰.後至由政府示禁始已。Cervantes 故以此書爲刺,卽示人以舊思想之難行於新時代也,唯其成果之大.乃出意外.凡一時之諷刺,至今或失色澤.而人生永久之問題,並寄於此.故其書亦永久如新.不以時地變其價值。書中所記,以平庸實在之背景,演勇壯虛幻之行事.不啻示空想與實生活之牴觸.亦卽人間向上精進之心,與現實俗世之衝突也。Don Quixote 後時而失敗.其行事可笑.然古之英雄.先時而失敗者.其精神固皆 Don Quixote 也.此可深長思者也。

第七章　文藝復興期條頓民族之文學

十　英國十四世紀有 Wycliff, 開Luther 之先. Chaucer 繼 Petrarca 及 Boccaccio 之緒。唯二人皆先時而生; 後無紹述。直至百年後, 始有 John Colet 者, 爲 Oxford Reformers 之一, 以提倡古學, 改革宗教爲務, 而意大利之文學, 亦由 Wyatt 與 Surrey 二人傳入英國。Thomas Wyatt (1503-42) 以王事使意. 因得熟知古拉丁及意大利著作. 始仿 Petrarca 爲短歌 (Sonnet)。其徒 Henry Howard, Earl of Surrey (1517-47) 繼之. 又譯 Aeneis 二卷, 初用無韻詩 (Blank Verse), 後世作詩曲多用之。二人生時不自梓其詩. 至 Surrey 死後十年, 有書賈 Richard Tottel 刋 Miscellany of Sonss and Sonnets, 二氏之作在焉。時頗風行, 仿者甚衆, Sidney 之 Astrophel and Stella, 與 Spenser 之 Amoretti 及 Epithalamion, 皆稱名作。同時繙譯之業亦盛. 如 Thomas North 之 Plutar Khos 名人列傳, George Chapman 之 Hameros 史詩, Thomas Phaer 之 Vergilius 皆其尤者.

Ariosoto 與 Tasso, 亦有譯本, 其影響於新興文學之力, 蓋甚大也。

Edmund Spenser (1552－99) 學於 Cambridge, 與 Sidney 爲友。初作牧人月令 (Shepherd's Calender), 分十二月, 各系牧歌一篇。或爲寓言, 或爲怨歌, 或頌女王, 或嘲教徒, 不一其體, 而外形仿古代之 Pastorale。又作 Faerie Queene, 今存六章, 欲假譬喻以示人生之準則, 書頗仿 Ariosto 及 Tasso, 唯人物則非游俠英雄, 亦非十字軍武士, 所言皆聖潔和平諸德, 而冠以人名, 終乃紛錯, 不可甚解, 唯其詩至美。Spenser 對於人生, 雖懷 Puritan 之意見, 然亦受 Platôn 思想與意大利文藝影響, 故其思嚴肅而其文富美也。Amoretti 與 Epithalamion, 皆結婚時所作, 爲豔歌之最。四年後以愛爾蘭之亂, 室被兵燹, 幼子死焉。移居英京, 困頓而卒。

Philip Sidney (1554－86) 爲女王 Elizabeth 朝重臣。後戰歿於 Zutphen, 初不以文學名。作豔詩及小說一卷, 至歿後始有人爲刊行之。其咏 Stella (Devereux) 之歌, 情意眞摯, 爲世所稱。小說曰 The Countess of Pembroke's Arcadia,

亦 Pastorale 體。純仿希臘著作，紀述山林韻事，不如後人之影射時事也。書中事迹綜錯，論者謂分之可爲二十說部資料。文辭亦多修飾，而甚爲世人所喜。是時又有 John Lyly (1554–1606) 作 Eupheus 二卷，乃尤過之。多用雙聲對偶。譬喻典故，或曼衍成數十百言，或精錬爲駢句。舉世靡然從之，模仿其言詞以爲美，世稱 Eupheuism 焉。Lyly 之書，本意亦在教訓，對於當時侈靡之風俗，攻難甚切，唯爲文詞所掩，後之人無或措意於此矣。

Thomas More (1478–1535) 亦 Oxford Reformers 之一，爲 Henry VIII 所殺。以拉丁文作 Utopia，述理想之國，與 Rabelais 之 Thelema，Bacon 之 Nova Atlantis，同出 Platôn 之 Respublica。唯 More 致力於信仰，Bacon 致力於學問，Rabelais 則以人生爲主，輔以學問信仰，以底於完成之境，此其異也。Francis Bacon (1561–1621) 又作論文五十八篇，世與法之 Motaigne 並稱，文句簡錬，而流暢則遜之。

英國戲曲起源，與歐洲各國同，並由中古之宗教劇出。每當令節，教會宣揚聖書故事，以喻人民。徒言不能甚解，乃假爲書中人物演之，曰 Liturgical drama，實由 Dromenon 變爲 Drama 之過渡也。所演爲舊約故事，自創世以至末日裁判，或基督一生事迹，自降生以至復活，稱神祕劇（Mystery），或演古德奇蹟，稱奇蹟劇（Miracle）。至十三世紀初，演劇之事，乃由教會移於工商行社（Guild）。每行各有 Patron Saint，率於每年祭日，演其畢生行業，以大車爲臺，游行市中，曰 Pageant。十五世紀時，譬喻盛行，於是轉入戲曲，飾善惡爲脚色，以教道德，而道德劇（Morality）以生。又緣枯索無味，則假 Vice 演爲滑稽之言動，以助興趣。繼復引申之，別成一節，曰 Interlude，後或分立，成喜劇焉。曲詞作者，初皆無主名。十六世紀中，John Heywood 始作 Interlude 甚多，有 The Four P's 最有名。而當時所謂大學才人 The University Wits 者，亦仿羅馬 Plautus 與Seneca 諸人，著作漸盛，至 Shakespeare 出，乃集其大成也。

英國之有劇場，始於一五七六年，James Burbage 之建 The Theatre 至 Shakespeare 自創 The Globe，已在一五九九年矣。劇場大抵外作六角形，兩傍有廊，以居貴客，餘皆露立。臺上覆瓦，縣氈爲幕。刻木翦紙以爲道具，榜地名以曉觀衆。Greene 劇中演 Venus 之入場,至懸倚引之上,已爲極妙,他可知矣。演劇以下午三時始,先有人致詞,爲 Prologue。一折終,復有人出,古衣長髯,致下場詞,爲 Chorus。及全劇了,伶人盡出爲女王跽禱。至王政復古時期,始有離合背景,亦始用女優,其先皆以童子爲之也,

William Shakespeare (1564－1616)幼孤寒,受學於文法學校。二十二歲時至英京,學爲伶人。作 Venus and Adonis,詩名頓起,唯其盡力乃在戲曲,初但爲劇場修改古曲,後遂自作,計二十年,共三十五篇,中分喜劇歷史劇悲劇三類。著作年代,亦可分爲四一曰習作時期(1590－96),二曰歷史喜劇時期(1596－1601),三曰幻滅時期(1601－08),四曰傳奇時期(1608－12),與其身世,亦有相關。凡所取材,不出 Holinshed 之 Chronicles 與 Plutar Khos 之列傳,意大利小說等,而一經點染,頓成妙作。思想又深遠溥博,不爲時地所限。故論者謂其戲曲,在希臘以後,爲絕作也。

Shakespeare 作喜劇,大抵在首兩期中。末期所作三曲,則別謂之傳奇 (Romance)。而悲劇中間亦常含有喜劇分子,故其喜劇之作風,復可區別爲三。其一以荒唐紕繆之事,作

滑稽之資，如 The Comedy of Errors，與 A Midsummer Night's Dream等是。其二寫愛戀之事，中更憂患，卒得諧合，如 Much Ado about Nothing 與 As youLike it 等是。晚年三曲，則寫家人婦子，散而復聚之事，蓋亦境遇使然。其三則假詼諧以寄其微意，皆散見於悲劇中，如 Macbeth 之門了，Hamlet 之掘墓人是也，

Shakespeare 第一期中，嘗作悲劇二種，唯其極盛，則在第三時期，所作以(一) Hamlet (二) Othello (三) King Lear (四) Macbeth 爲尤最，Romeo 與 Juliet 之死別，雖因緣於人事，實亦定運之不可逃，至 Hamlet 等作，則不涉宿命說(Fatalism)，而以人性之弱點爲主。蓋自然之賊人，恆不如人之自賊，縱有超軼之資，氣質性情，不無偏至，偶以外緣來會，造作惡因，展轉牽連，不能自主，而終歸於滅亡，爲可悲也，猶疑猜妬，虛榮野心，皆人情所常有，但或伏而不發。偶值機緣，卽見潰決。如僭王之於 Hamlet，Jago 之於 Othello，二女之於 Lear，巫之於 Macbeth，皆爲之先導，終乃達其歸宿，破國毀家，無可倖免，令觀者竦然有思。Aristoteles 所謂悲劇之二元素，哀憐恐怖，蓋兼有之，福善禍淫，世所快

心。若其性情欲望，本亦猶人，乃以偶爾遭會，俱就隕落，易地以處，知在己亦莫能免，於是哀矜之情生。彼我之間，無復差別，則彼已往之悲劇，焉知不復見於我，可懼又孰甚焉。Shakespeare 悲劇之力，蓋在此。

十一　德國受文藝復興之影響，學者輩出，唯其效果，則在宗教爲多。馬丁路德雖非人文主義者，(Humanist)，而乘思想自由之流，改革舊教，以底於成。文學艸創，多爲宗教論難之資，非爲觀美，譏刺之詩最盛。Desiderius Erasmus 與 Ulrich von Hutten 等，多假此以發主教長老之覆，舊教徒亦反報之。唯嘲罵之言，往往出於弱敗，故激烈之作，亦出於加特力教。Thomas Murner 著 Vom grossen Lutherischen Narren，其言極厲，蓋以 Luther 爲旁門，肆力抨擊，則有功於聖道。雖意見偏執，然諷刺之才，不可及也。新派方乘時而興，不專恃文字以自障，故無巨製。迨反動起，論爭復烈。有 Johann Fischart (1550－90) 學律，爲法官，匿名作詩，攻難舊教。又譯 Rabelais 之 Pantagruel，自加融鑄，名之曰 Geschicht Klitterung。對於社會凡事，無不訕笑，而中含深意，無夸誕之嫌。又所作 Das Glückhafte Schiff Von Zürich

一卷,以純詩論,亦甚精煉,爲十六世紀名作也。

Hans Sachs (1494-1576) 者本縫人子,眇一目,出小學爲靴工。又學爲詩,後遂有名,世稱之曰 Meister Lieder。安居樂業,怡然自得,故其詩亦流麗恬靜,若與塵俗隔絕,蓋足爲當時市民心理之代表者也。其所致力,乃在戲曲,凡作二百餘種。去宗教劇之枯淡與俗劇之粗鄙,代以幽雅之詞,於國民劇之發達,至有力焉。

第二篇　十七十八世紀

第一章　十七世紀

十二　十七世紀爲歐洲文學停頓之時. 因宗教改革之反動. 釀爲擾亂。政教兩方, 唯以厭制爲事。其後漸得平和, 而民氣衰落, 文學遂亦不振。又以文藝復興之影響, 一時著作頗盛. 及能事既盡, 猶欲刻意求工. 終至忽其大者遠者, 反趨於末。最初有西班牙教正 Guevara. 始創所謂高文 (Estilo Alto) 者, 至 Gongora 等而大盛。英之 Lyly, 立 Eupheuism, 意有 Marini, 以警語 (Concetti) 作詩. 於是所謂雅體 (Cultorism) 之詩, 風靡天下。作者專事模擬, 爭尚穎異. 莫知所止。其詩貴多奇句, 形容譬喻, 不甚切近, 蓋意不在能動人而在驚人. 不在感發性情而在得讀者之駭歎。於是詩之效用, 幾盡失之。雖有一二先覺, 力與抗爭. 而時勢所趨, 終不能挽。法國有 Boileau 出, 力排舊說, 使復歸眞率純正之境. 英亦興起從之. 文學並稱極盛. 其餘諸國, 一時莫能及也。

意大利在文藝復興期，文化爲各國冠，及其衰也，亦甚於各國。十六世紀末，有文禁政教之事，悉不得言，即論自由稱古學者，亦在禁列。於是著作日希，難於流布，誦讀者亦益少。其後解禁，而民氣衰苶，直至法國革命時，猶未能振起。當時雅體之詩，風行於世，Giovanni Battista Marini (1669－1725)，首倡之。所作 Adone 一詩，凡三萬四千行，敍希臘 Adonis 之神話。僅寫情景而無事迹，造辭典麗，取譬新異極人工而乏天趣。論者比之木偶人，祇此輝煌之景，悅目一時而已。Marini 嘗游法王路易十三之廷，衆皆悅之，其詩風遂大行於法。本土之模仿者尤衆，有 Chiabrera，Filicaya 與 Guidi 等，力矯其弊，然竟不勝。散文著作，較爲發達，唯大抵關於哲學及科學者爾。

十三　西班牙之雅體，始於 Guevara 繼之以 Sotomayor，至 Luiz de Gongora 而大盛，可與 Marini 方駕。Gongora 初以簡明之詞作詩一卷，不爲世人所好。乃轉而模仿雅體，又益夸大之，於是聲名頓起。Cultoristos 四方景附，唯其勢力有所限。Vega 以當世大師，力攻 Gongora 派所爲，嘗嘲之曰，余爲此言，且不自解，又孰能解乎。Vega 之後，有

Calderon,振興西班牙戲曲,與英國比盛焉。

西班牙戲曲,亦猶英國然,發源於宗教劇,曰 Auto。又分之曰神劇(Comedia Divina),曰聖徒劇(Comedia de Santos,)盛行於十六世紀,民間甚好之。劇中主旨,大抵福善禍淫之事,唯所謂善惡,則一依教會爲準則。故神之慈惠,獨厚於教徒,而所以罰離經叛道者,亦極嚴酷,猶不如興姦作慝者可藉信仰而得赦也。Auto 之後,轉爲 Comedia,兼有悲喜兩種,至 Lope de Vega(1562－1636)而集大成。Vega 幼穎慧,通古文學,作小說 Arcadia,Dorotea 及史詩等數種,戲劇最有名。所作凡五百餘種,取材至廣,或上溯 Nero 帝時,說羅馬之大火,或述哥侖布涉險事,又或寫現代社會。觀察極精徹,又以客觀態度寫之,故可謂寫實派,而 Pedro Calderon (1601－81) 則理想派也。Calderon 本爲軍人,晉爵爲貴族,嘗任宮廷劇場監督。所作劇曲,善能寫人間理欲之抵觸,思想富美,制作亦視 Vega 爲備,故稱爲西班牙戲曲之第一人。及歿後,戲曲亦遂衰落矣。

Picaresco 之小說,時尚盛行,Francisco Quevedo (1580－1645) 之 Don Pablo de Segovia 爲最著名之作。至

Vincente Espinel 作 Vida del Escudero Marcos, 多描寫社會情狀,不僅以敍事爲能,已開近代小說之先矣。

十四　十七世紀德國文學之零落. 視意大利尤甚。宗教改革,延爲三十年戰爭,民生衰耗,殆達其極。雖受文藝復興之影響. 亦第有模擬而無興作,前後 Silesia 派之詩,實祇因襲法意往事而重演之而已。第一 Silesia 派,以 Martin Opitz (1597－1630) 爲之長, 奉法之七星派. 因撮要義著詩法一卷. 以教其徒。拘守繩墨,不得自由. 於是乃有反動,而 C. H. von Hofmannswaldau (1617－79) 出. 是爲第二 Silesia 派. 所師法者. 爲意之 Marini, 其徒 Casbar von Lohenstein (1635－83) 於詩曲之外,復作武士小說. 以新異之文詞,寫夸張之感情,虛誕之行事. 舉世好之。蓋文藝復興. 至此已見流弊. 德以喪亂之餘. 智力薄弱. 故受其敝. 亦尤甚也。

當時小說雖無足稱述. 然亦有傑出於一時者. 則 Grimmelshausen 之 Simplicissimus 是也。Christoffel von Grimmelshausen (1625－1674) 故武人. 嘗與三十年戰爭之役。其爲此書. 本仿西班牙之 Picaresco, 而不務造作. 專據一己所經歷. 演爲五卷。雖事多凶厲. 文不雅馴. 然實寫世情.與人生益益相近,以視虛華之小說,迥不侔矣。其後無繼起者,迨十八世紀初,英國之Spectator與Robinson Crusoe流入德國,始復震動.風氣為之一變。

十五　法國文學情狀.故無異於各國,唯以國家強盛,文士得假承平之際.致力於文.故發達亦最盛。Marini至法,一時詩人翕然從之.稱Precieux派,顧其風不久衰歇。一六三五年敕建法國文藝院.以釐定國語為職志。Malherbe與Guez de Balzac之徒.先後興起,各有所盡。至Nicolas Boileau (1636–1711)主張眞美一致.廓淸舊敝,建設新派,一以淸眞雅正為歸.於是遂為古典主義之最盛世也。

法國戲曲,亦萌芽於宗教劇.文藝復興以後.模仿古代著作者亦愈多。分道而馳.不相調合。宗教劇行於民間,多失之野,古劇則學士所為.適於吟誦,而不宜於演作.美於情文而乏氣勢。十六世紀中,Theodore de Bèze取材舊約.造作悲劇,欲調和其間,顧未能就。Pierre Corneille (1606–84)始合二者之長,成完善之戲曲。Le Cid寫情愛與孝思之衝突,Les Horaces寫家國感情之衝突,Cinna寫慈仁與報復之衝突.至Polyeute則轉而言基督教事,寫愛與信仰之衝突,凡家庭邦國政治宗教之問題悉具焉。雖其理想人物，迥出常類，性格無發展之地，而情文並茂，足以掩之。蓋自 Corneille 出，而法國戲曲始成純粹之藝術，足以怡悅性情，感發神思，不僅爲民衆娛樂之具矣。

悲劇始成於 Corneille，而喜劇則始成於 Jean Baptiste Molier (1622－73)。其先模擬意西著作者，大抵取愛戀涉險爲材。至 Moliere 始一反所爲，求之於日常生活中，自狂愚紕繆之事，以至家常瑣屑，無不得滑稽資料，蓋昔人所未嘗知者也。Moliere 本商人子，初學法律哲學，二十一歲時，棄而爲優於巴里，業敗，負債下獄，以援得脫，乃去都。周行各地者十二年，多所閱歷，文思益進，遂仿作伊大利喜劇，自演之。至一六五九年，作 Les Précieuses Ridicules，寫當時社會，於標榜風雅之習尙，加以嘲笑，此風因之漸衰。又於 L'École des Femmes，示天性之發達，不能以人力防禦。及 Tartufe 出，攻難者一時蠭起，而教會尤力，至於禁絕誦讀，嚇以破門。五年後，始得公演。唯 Molière 之絕作，則爲 Le Misanthrope。蓋在家庭社會間，多歷憂患，故心意亦益堅苦，於此劇一罄之。Alceste 以淸俊之質，邂逅濁世，高情覃思，迥絕常流，獨愛 Célimène，而 Célimène 不能遺世而從之。於是覺悟之悲哀，遂爲是劇終局，蓋喜劇而具有悲劇之精神矣。

Jean Racine (1639－99) 者，Moliere 之友，而 Corneille 之繼起者也。幼孤，育於大母，受學於教會。初學 Corneille 爲悲劇，後乃自闢徑蹊，善寫人情之微，其最佳之劇，皆取材希臘，而別具精彩，可與古代名作並駕，Andromaque 及 Phedre 是也。唯當時名流，或不滿意，倩人別作 Phedre 之劇，同時上場。又出萬五千佛郎，募人分赴劇場，力抑揚之，Racine 遂敗。因忽發憤，自懺筆孽，隱居不出，嗣後著作遂尠。

Jean de la Fontaine (1621－95) 所作有詩歌小說，然以寓言聞於世。二十六年中，凡著十二卷，仿希臘 Aisopos，而實絕異。古之作者，多假寓言以寄教訓，La Fontaine 則重在本事，教訓特其附屬，或且闕焉，蓋合小說 (Conte) 於寓言 (Fable)，而託之於純詩者也。故紀載描寫，更益精詳，與古之寓言以片言明意爲上者異矣。且天性純樸，愛好天物，故狀寫物情，妙絕天下，稱爲不可仿傚之作，唯十九世紀時，丹麥有 Andersen 作童話，亦爲絕技，或可比擬耳。

散文著作.則有 Duc de La Rochefoucauld 之語錄(Maximes).與 Jean de la Bruyère 之人品(Les Caractères).而小說亦漸漸發達。Madame de la Fayatte (1634－96) 著 La Princesse de Cléves, 已脫離舊習,趨於簡潔,爲 Manon Lescaut 之先驅。近代小說,當以此爲首出也。

十六　英國十七世紀文學.實可析爲前後兩期。上承伊里查白時代之餘緒,下爲奧古斯德時代 (Augustan age) 之先驅。文化發達.極於侈麗.物極而反. Puritanism 遂漸勝.終乃顚覆王朝.立共和之治.唯峻厲之教旨,不能終厭人心。一六六十年王政復古.而文藝潮流.亦大變易。法國 Boileau 之影響.被及英國.檢束情思.納諸軌則。至 Dryden 乃定古羅馬著作爲文章軌範.嗣後古典派勢極隆盛,以至法國革命時代。

Lyly 與 Sidney 之後.所謂警句(Conceit)之風,盛行於詩歌.一變而爲十七世紀之 Fantastic 派,John Donne (1573－1631) 爲之長。Caroline 之詩人.大抵蒙其影響,如 Herbert 及 Herrick,皆最顯者也。Herrick 善遣綺語.頗稱佳妙.其婾樂之精神.猶可見文藝復興小影.與當時淸教思想,正可反比也。

戲曲自 Shakespeare 後，漸就衰微。雖 Ben Jonson 繼起，然不能及，Shakespeare 寫人生之深密，而 Jonson 止能寫一時世相。其後 Beaumont and Fletcher 合作戲曲，妍美足稱，雅健則不足。自餘作者，益務迎合流俗，趨於放佚。清淨教徒對於劇場，力加攻擊，初禁禮拜日演劇，至革命時，遂悉封閉之。

清教思想，蘊蓄已久，漸由宗教推及政治，終有一六四二年之革命。文學中有 Milton 與 Bunyan 二人爲代表，John Milton (1608－74) 出自清教家庭，受古學之教育。初作 The Ode on the Nativity，猶有 Fantastic 派餘習，繼作 L' Allegro 及 Il Penseroso 二詩，乃歸雅正。Lycidas 仿希臘 TheoKritos 詩，悼其友之死，假牧人之詞，多攻教會失德，Puritan 之思想，已明著矣。及革命成，Milton 任爲 Cromwell 記室，十餘年來，不復爲詩。一六五二年以過勞目力，遂失明。六十年秋 Charles 二世復位，幾不免，後遂隱居，復致力於詩，命其女筆之於書，乃成三大史詩。一曰 Paradise Lost，敍撒但之叛與人類之墮落。一曰 Paradise Regained，敘基督抗魔之誘惑，復立天國。一曰 Samson Agonistes，敘參孫髡項矐目，爲 Philistine 人之奴，終乃摧柱覆廟，自報其仇。皆取舊約故事，以偉美之詞，抒崇高之思，蓋合希伯來與希臘之精神而協和之者也。John Bunyan (1628—88) 者，行事著作，與 Milton 絕異。父補釜，Bunyan 世其業，生平所讀唯聖書，而宗教思想，深純獨絕，因從新派，游行說教，被捕下獄十一年。及信教自由令出，得釋，未幾令又廢，遂復被禁三年，獄中作天路歷程 (Pilgrim's Progress)，用譬喻 (Allegory) 體，記超凡入聖之程。其文雄健簡潔，而神思美妙，故宣揚教義，深入民心，又實爲近代小說之權輿。蓋體制雖與 Faerie Queene 同，而所敘虛幻之夢境，即寫眞實之人間，於小說爲益近。其自敘體之 Grace Abounding，亦有特色。至 Defoe 乃用之作 Robinson Crusoe，此體益以完成矣。

王政復古，政教復一變。Samual Butler 仿 Don Quixote 作 Hudibras，以嘲淸教徒，大爲世人所好。昔日整肅之俗，轉爲放逸。演劇復盛，而日趨於墮落。及黨派分立，利用文學，施於政爭，諷刺之作，因此大興。又以時代變遷，情思衰歇，人重常識，不復以感情用事，當時文人，被法國之影響，乃奉古代詩法爲模範，重技術而輕感興，遂別開一新時代。John Dryden (1631－1700) 實爲之主。Dryden 系出清教家族，始附王室，終歸舊教，蓋對於政治宗教，初無定見，但隨世俗轉移。其造作詩曲，亦多迎合時好，非由本意，故或稱其以著作爲業。至晚年，亦自悔之。惟規定文體，以明決爲上，甚有造於後世。英文學之奧古斯德時代，實造端於此矣。

第二章　十八世紀法國之文學

十七　十八世紀爲理智主義最盛之時代。文藝復興，希臘之文明，流播歐土，人心久苦束縛，遂競赴之，本其自然之情意，力與禁欲主義抗，以立主情之文學。時學術亦主懷疑實驗，破煩瑣學派 (Scholasticism) 之障，成主智唯理之哲學。及思潮衰落，文學亦隨以不振，哲學則緣理智爲重，乃不與之轉移。自 Bacon 創經驗說，Descartes 立唯理論以來，且益復發達，影響漸及文學。於是昔之誕放繁縟之詞，悉見廢黜，凡事一準理法，不得意爲出入。是事始於十七世紀中，至十八世紀而極盛。論其趨勢，與文藝復興之運動，蓋相違忤，唯奉古代著作爲師法，則略相似，故並稱尙古時代也。然其所尙，第在形式而非精神，又抑制情意，以就理法，亦有偏至。故及Rousseau 出，倡復歸自然之說，而昔日文藝復興之精神，復現爲傳奇主義而代興也。

歐洲十八世紀之文學，以英法爲極盛。二者之中，又以法之影響爲最大。百年之內，由專制爲共和，由羅馬舊教爲信仰自由，由古典主義為傳奇主義，凡此急轉，皆大有影響於世界。而推其元始，並由當代思潮所動蕩，文人學者，本其宗信，各假文字之力，宣揚於衆，以底於成。此十八世紀法國文學之所以異於他國，亦所以異於前代者也。十七世紀之思想，雖亦力去故舊，傾向自由，然僅以個人為主，而是時則推於人羣。十七世紀之著作，其不朽者止因美妙，初不以宣傳宗旨為務，是時則多以文字傳其思想，不僅為貴人娛樂之具。凡此趨向，蓋已見於路易十四世時，La Bruyere 作人品，於社會敝俗，已多慨歎之辭。至十八世紀，而致意於此者，乃益多矣，

Francois Fénelon (1651–1713) 在路易十四朝，為皇孫師保，取材希臘史詩，作 Télémaque 一書以教之。用散文作詩，以小說談教育，甚有特色。於政治道德，尤多新義，已有立君所以利民之說，後遂以是罷免。宗教上之懷疑思想，則先見於 Bernard de Fontenelle (1657–1757)。所著神示史 (Histoire des Oracles) 以論辨希臘羅馬託宣之俗為名，而實於基督教神異之說，加以掊擊。蓋所言雖限於古代異教，而迷信起原，本無二致，鑑古徵今，可知正教之奇蹟，與外

道之神言，相去固不一間也，及 Montesquieu 之波斯尺牘(Lettres Persanes) 與 Voltaire 之哲人尺牘 (Lettres Philosophiques) 出，而此新思潮，遂益復完全表見矣。

Charles-Louis de Secondat, Baron de Montesquieu (1689-1755) 以法意(De l'Esprit des Lois) 一書聞於世。波斯尺牘成於一七二一年假爲二波斯人記游法所見，貽其親友之書，於當時政教社會各事，加以評騭，微言妙語之中，實寄憂世之深情。Montesquieu 雖法家，亦長於文。是書託之波斯人作，則便於評議，又藉東方風俗以爲渲染。簡畢往來，游人記所目覩，而故鄉消息，則舉波斯之事相告，宮闈之中，婦寺構煽，尤多隱秘，爲談論之資。故其結構純爲小說，而對於政教之意見，則精神仍與法意近也。Voltaire 本名 Francois-Marie Arouet (1694-1778)，顚倒其姓以自號，以訕謗疑罪被放，後復被禁錮十一月。至一七二七年，又與豪家鬥，遁居英國三年，遂作哲人尺牘，詳述英國情狀，而於信仰自由，尤所神往，重眞理愛人類之氣，露於行間，法國當局慮其惑人，遂禁傳布，并命刑吏以一册焚於市云。Voltaire 所作，初多詩曲，嘗仿史詩作 La Henriade，咏亨利四世事，甚行於世，至比之 Virgilius，然實非其特長。尺牘以後，著作甚多，雖種類殊別，而思想本柢，在破迷執而重自由，則皆同。六十歲後，隱居村間，多作答問小品傳布之，攻難宗教甚力。蓋天性既與宗教之神祕思想素遠，而感覺又特明敏，多見當時冤獄，如 Calas Sirven 及 La Barre 等案，事至凶酷，其因乃悉由教爭。故平生以摧毀汙惡爲務，若其所謂汙惡者，則宗教也。唯 Voltaire 雖以宗教爲文化進行之大敵，毀之不遺餘力，而於政治頗主保守。其論藝文，亦奉古代義法，與並世文人別無所異。

二子尺牘之出，爲新思想代表，而當時絕少應和。及中葉以後，世事頓復變易，路易十五時政治日壞，弊已彰著，於是二人文字之功，亦漸成就。先覺之士，咸奮然興起，有改革之心。此諸"哲人"(Philosopher) 懷抱之旨，得以二語總之，曰理性，曰人道。既不滿於現社會之情狀，乃欲以智識眞理之力，破除一切偏執迷信，愚蒙繆妄，合人羣知力，以求人類幸福。又以政教之敝，實由義旨之差謬，故當專務治本，以文字爲道具，覺迷啓智，先謀國民精神之革新。而其影響，則崇尙理性，毀棄舊典，主思想自由，開近世科學精神之先路。護持人道，於非刑曲法之事，力發其覆，又反對奴制，非難戰爭，亦皆率先大號。其精神頗有與文藝復興時相類者，唯其爲學，不求一己之深造，而冀溥及於大羣，欲世界文化，分被於人人，得以上遂，至於至善之境。故對於現在，雖多不滿，而於未來則抱昭明之希望，此實當時哲人共通之意見，而其事業，則見之於編纂類苑（Encyclopédie）一事。爲之長者，卽 Diderot 也。

Dennis Diderot（1713–84）初傭於書肆，以賣文自給，其所宗信，由自然神教（Deism）轉爲無神論，復進於汎神論。嘗作盲人說，假爲英國學者之言，以申其意，坐禁錮三月。一七四五年，巴里書賈謀譯英國 Chambers 類苑，屬 Diderot 主之。Diderot 允之，而不以轉譯爲然，因招諸人共理其事。教會忌而力阻之，共事者或稍稍引去，Diderot 不爲動，朝夕撰集，終得成，前後已三十年矣，其書本類書，又多草創，故未能盡美，唯傳播思想，則爲力甚偉，啓蒙運動（Illumination）之成功，實在於此，Diderot 曾作戲曲論文，又仿英國 Richardson 等作小說，Le Neveu de Rameau 最善，當時未刊行，至十九世紀初，Goethe 自原稿譯爲德文，始見知於世。

Jean-Jaques Rousseau (1712－78) 行事思想皆絕奇,影響於後世者亦獨大。Rousseau 生而母死,父業造時表,使世其業, Rousseau 不願,遂逃亡。少行不檢,飄流無定止。一七四一年至巴里,以音樂聞,又作劇曲得名,與 Diderot 等爲友。偶讀報知 Dijon 學會縣賞徵文,論美術科學之進步與道德改善之關係,作文應之,得上賞。後又作文,論人類不平等之起原,并論其是否合於自然律,雖不得賞,而 Rousseau 之大事業,實始於此。一七六一年後, La Nouvelle Héloïse, 民約論 (Contract Social), Émile 相繼刊行。一時世論譁然,政府公焚 Émile 於市,欲捕治之,逃而免。Rousseau 性好爭,又多疑,與 Diderot 絕交,又與 Voltaire 以文字互相詆諆。歷奔各地,皆不見容,益疑 Voltaire 害己,終應 Hume 之招,避居英國,始作懺悔錄 (Confession)。顧復疑 Hume 與謀將見陷,乃匿名返法國,至七八年七月暴卒。凡 Rousseau 思想,可以復歸自然一語,爲之代表。意以爲人性本善,若任天而行,自能至於具足之境,唯緣人治拘牽,爰生種種惡業,欲求改善,非毁棄文化,復歸於自然不可。其說與當世哲人之提倡文明,欲補苴爲治者,迥不同矣。雖由今言之,或不無偏至,而其時發聾振聵,爲效至大。公道平等之義,由是復申於世。文藝思潮,亦起變革,其影響所及,蓋不止十八世紀之法國文學已也。

Rousseau 中年所作論文,於當時虛僞浮華之俗,抨擊甚力,主復歸自然之說。Voltaire 評之曰,汝使人將以四支並行矣。Rousseau 意謂人生而自由,各自平等,社會後起,因被束制,強分貧富貴賤強弱主奴之級。所言生民原始情狀,與社會起源由於契約,不與史實相合,Rousseau 亦自知之。唯假以說明現狀由來,并指示未來之歸趣,則至爲便捷。資財私有,實侵自然之權利,反抗權威;爲個人之特權,人人相等,平民之尊,不亞於貴人學士;凡此諸義,皆得由是成立。及作民約論,乃由破壞而進於建設,示人以自由與政治得相調和,謂人生而自由,及其入世,乃隨處在縲紲中,故道在復返自然,然社會秩序,亦爲神聖,則唯當變革社會制度,使益近自然,斯已可矣。故應本民約原旨,以投票之法,取衆人公意,立爲政府,庶幾自由可得,平等可至。蓋人人以公意爲意,自得自由,在民意政府之前,又人人平等故也。此

Rousseau之民主思想，影響於後世人心極大，Robespierre亦私淑 Rousseau 之一人，至革命時而實行其說焉。

La Nouvelle Héloise 者，以小說而言家庭之改良。書用尺牘體，言 Saint Preux 愛 Julie，而女從父命歸他氏，Saint-Preux 斷望出走。後復還，遇 Julie，歷諸誘惑，皆不失其守，未幾 Julie 以保育過勞卒。其書上卷，蓋以寫人間本性，發於自然，次卷則示其與社會之衝突，而終以節制，歸於和解。唯其本旨，乃在寫理想之家庭，簡單眞摯，與世俗之虛僞者不同。Emile 者 Rousseau 言教育之小說，述 Emile 幼時之教育，一以自然爲師法。生而不束襁褓，俾得自由，五歲就外傅，使親近生物，嬉戲日光顥氣中，凡虛僞造作諸事物，悉屏絕不使聞見。十二歲讀書，觀察實物，習爲勞作。讀 Robinson Crusoe，學自助之道。十五知識初啓，教以悲憫慈仁之德。讀 Plutarkhos 與古賢相接，讀 Thukydides 以知世事，讀 La Fontaine 以知人情。十八歲乃可教以信仰，進以美育，以成完人。Rousseau 教育學說，本出理想，非經實驗而得，然至理名言，至今弗改。自 Froebel 以後，兒童教育，大見變革，實 Emile 爲之創也。

懺悔錄凡十二卷,爲Rousseau自傳。自少至長,纖屑悉書,卽恥辱惡行,亦所不諱。而顚倒時日,掩飾事跡,亦復恆有。然Rousseau性格,亦因此益顯其眞。其爲是書,意蓋欲自表白,謂天性皆善,第爲社會所汚,雖能自拔以至於正,而終爲世之所棄。同時Saint-Simon亦自作傳記,於一己之感情,鮮有敘及,蓋當時之思潮使然。Rousseau此書,則自寫精神生活,處處以本己爲中心,導主觀文學之先路。且其愛自然重自由之意氣,亦浸潤而入文學,爲傳奇派之一特色。故言近世文學,於傳奇主義之興,不得不推Rousseau爲首出也。

十七世紀以來,法國文體,歸於雅正,小說亦漸改觀。Abbé Prevost (1697–1763) 初爲牧師,後棄去,漫游荷蘭英國各地。比歸,以著述自給。譯Richardson諸小說,又自作小說甚多,唯Manon Lescaut一種稱最。其書蓋承La Fayatte餘緒,而更進於美妙,Manon既愛Grieux,復眷現世之安樂,Grieux知其不貞壹,而不能不愛,數經離合,終乃追隨至美洲荒野,及見Manon之死,實一世之傑作也。當時La Sage作Gil Blas,仿西班牙之Picaresco,而實寫世相,稱百折之喜劇。Mariveaux 作 Vie de Marianne, 分析女子性情, 多極微妙, 皆爲長篇佳製。十七世紀中葉以後, 哲學思想, 漸及小說, 與感情主義溷合, 於是面目又一變, Rousseau 之 La Nouvell Héloise, 則其代表。寫人世之愛,發於本然,而歸於中正。贊揚物色之美偉,稱述理想之家庭,蓋以藝文抒情思, 并以傳教義者也。繼其後者, 爲 Bernardin de Saint-Pierre (1737–1814)。其 Paul et Virginie 一書, 上承 Rousseau, 下啓 Chateaubriand,爲新舊時代之聯鎖。Saint-Pierre 幼讀 Robinson Crusoe 及耶教傳道紀行,即有志遠征,立Utopia 於荒島,棄人治而任天行,期造一美善之社會。後以政府遣,往 Madagascar 爲工師,歸而作游記,極讚自然之美。Rousseau 方隱居巴里, 甚相善,而 Saint-Pierre 亦病,幾發狂易。後漸愈, 乃致力於學, 作自然研究三卷。意見與 Rousseau 略同,謂自然慈惠而諧和,唯社會暴惡,實爲之障。天地間事物,悉爲人羣樂利而設,瓜之大,以供家人之分享,而瓠尤大者,以備與鄰共之也。又以爲欲求眞理,當藉情感,不能以理性得之。當時人心已漸厭理智主義之寂寞, 復生反動,Saint-pierre之意見,遂得世人盛賞。一七八八年,自然研究第四卷出，Paul et Virginie 卽在其中。言二人相悅，見格於姑，終至死別。寫純摯之情，以熱帶物色爲映帶，成優美之悲劇。作者旨趣，蓋以自然與情愛之美大，與文明社會及理智人物相反比，而明示其利害。思想本之 Rousseau，題材則取諸希臘 Longos 之 Daphnis Kai Khloê。唯會萃成書，則爲 Saint-Pierre 一己之作。書出，舉世歎賞，那頗侖亦其一也。

第三章　十八世紀南歐之文學

十八　意大利十八世紀情狀，較前世紀特見進步。其時方脫西班牙羈勒，政教稍稍寬和，民氣亦漸蘇，文藝學術，遂得興盛。又受法國影響，Gianvincenzo Gravina 之徒，於十七世紀末年，創立 Arcadia 學院，提倡詩法，偏重韻律，雖病枯索，而視 Marini 派之奇矯已有進。中葉而後，獨立之詩人亦漸出。Giuseppe Parini 作諷刺詩一日 (Giorno)，分朝午夕夜四篇，述貴介子弟一日中行事，以刺游惰。刻畫世情，頗稱工妙。Giovanni Meli 以 Sicilia 方言爲詩，多述自然之美，又善寫故鄉人情風俗。德國 Heyse 稱之曰，歌謠擬曲，皆出 Sicilia，古今同然。蓋以古希臘之 Theokritos 與 Sophrôn，皆生其地也。

意大利戲曲，自 Macchiavelli 以後，已漸發達，至十八世紀而極盛。古時之劇，出於宗教，與歐洲各國同。Rappresentazioni 者，專演聖蹟，與西班牙之 Auto 相類，其後轉而言史事，遂與儀式分離。唯緣羅馬文化影響，作者多模仿古劇，不能自成一家。及十八世紀. Vittorio Alfieri (1749–1803) 始作完善之悲劇。Carlo Goldoni (1707–93) 仿 Molière 爲喜劇.亦絕妙。然意大利國民戲曲.尙別有在,與此二劇並自外來者殊異。卽俗劇 (Commedia dell' Arte) 與歌劇 (Opera) 是也。俗劇通稱假面劇 (Mask).行於民間。蓋與希臘喜劇.同起於 Dionysos 之祭。酒滓塗面.轉而爲面具。自羅馬古代以至中世.相傳不絕,至十六世紀乃益盛。Francesco Cerlone 演之爲滑稽劇.唯進於文藝.則自 Carlo Gozzi (1720–1808) 之 Fiabe 始。以神怪傳說爲材.而隱諷當時.與希臘中期喜劇.有相似者。及 Gozzi 輟作.此體亦絕,唯存民間舊有之曲矣。歌劇者.正稱 Melodrama, 蓋合景色音樂歌咏三事而成。草創於 Apostolo Zeno, 至 Pietro Metastasio (1698–1782) 而大成。Metastasio 本姓 Trapassi. 幼時謳歌道上.爲 Gravina 所聞.收爲義子.更其姓。希臘語義曰移居也。其詩才殊敏妙.又美聲音.故得大名.假面劇與歌劇.雖性質殊別.不能並論,然其爲意大利特有之藝術,則固同也。

十八世紀中.英法小說盛極一時,意大利別無創作,卽模仿亦罕.唯 Alessandro Verri 取材古代.作小說數種.及

Ugo Foscolo (1778－1827)出，已在革命之後。Foscolo生於希臘，其先爲威尼思人。甚愛故國。及共和政府亡，悲憤不能自已。又以愛戀失意，因爲小說 Le Ultime Lettere de Jacopo Ortis，言 Ortis 悼歎身世，終於自殊，蓋用以自況。其次第在 Goethe 之 Werther 與 Chateaubriand 之 René 之間，雖美妙不能及，亦一時名作也。

西班牙文學，此時亦頗受法國影響，十八世紀初，Montaigne 之文，Corneille 等之戲曲，多見移譯。Ignacio de Lúzan (1702－54) 學於意大利，作詩法一卷，以 Arcadia 派之說爲本，而主義則與 Boileau 一致。Gongora 之詩風，遂因此衰落。Lúzan 之論文藝，合教訓而一之，謂詩與道學目的相同，古代史詩本爲啓發君心之用，其說多不可通。唯除舊布新，爲力頗偉耳。Jose de Hervas 與 Benito Feijóo 等皆從新派，致力於文，詩人亦漸興起，然別無名世之作，故不詳述。

第四章　十八世紀英國之文學

十九　英國十八世紀上半期文學，大概爲門戶文學，Tory 與 Whig 二派爭長，各以文字相嘲罵，藝文之事，在位者假爲政爭之具，在下者則依以謀食。一世才智之士，莫能脫其範圍，至於末流，則阿諛侮辱，莫不過量，因入惡道，Pope作 Dunciad 之詩，歷加誅伐，正未爲過也。文學目的，旣在黨爭，故諷刺詩極盛。抒寫世相，揣摩人情，亦至深切。雖所言限於都市，研究人生，亦膚淺無眞諦，而體狀社會，類極微妙，爲未曾有。文章規範，自 Dryden 以後，益歸整壹，簡潔曉暢，重在達意，若情思想象，悉所廢棄，其內容亦重人事而遠天然。以此因緣，十八世紀，乃文盛於詩。小說勃興，影響及於世界。詩則 Pope 而後，此派漸衰，終趨於變也。

Alexander Pope (1688－1744) 繼 Dryden 之後，爲文壇盟主，而不以文爲業。譯 Homeros 史詩，得酬九萬金，遂隱居 Twickenham。人從而稱之曰 Twickenham 之壺蜂，言善刺也。嘗作 Dunciad 以刺當時文士。Essay on Man 則教訓之詩,雖尠宏旨,而詞義精鍊,多爲後世稱引。其最大著作,爲劫髮記(The Rape of the Lock)一篇。以史詩體裁,咏瑣屑之事,甚見作者特色,且足爲都會文學之代表。女王 Anne 時,英國文化,流於侈麗,士女酣嬉無度,此詩顚倒重輕,善能卽小見大,時代精神,於此彷彿見之。

英國 Essay 之作,始於 Bacon,其時法國 Montaigne 所作,則流麗輕妙,別具風致。王政復古後,Cotton 二次移譯,遂大流行,模仿者甚衆。一千七百九年 Steele 及 Addison 刋行 Tatler,始用於報章。十一年 Spectator 出,改爲日刋,社會萬事,俱加評騭,造辭雋妙,令人解頤。每金曜日多論文藝,土曜論宗教以爲常。Addison 嘗言,吾自學校書庫中,取哲學出,而致諸公會茗肆之間。其傳布思想於民間者,爲力至偉。二人著述,多不題名。謂有公會,集諸名流,以觀察所得相告。中有 Sir Roger de Coverley,爲鄉邑士夫,記其言行,久之成卷,描寫性格,能得神似,於小說發達,頗有影響。二人亦作詩曲,唯不聞於後世,其所以不朽者,唯在報章論文(Periodical Essays)而已。

十八世紀以前小說,大抵皆 Romance 而非 Novel。如

Utopia 及 Nova Atlantis, 所言並爲理想之鄉。Arcadia 之牧人. 亦非人世所有。Eupheus 以游記載其箴言, Pilgrim's Progress 則喩言也。Coverley 一卷. 幾近於 Novel. 唯本爲報章文字. 偶然而成, 故無脈絡以貫之。至 Robinson Crusoe, 而近代小說始成立。Daniel Defoe (1659—1731) 畢生從事政教之爭, 嘗以文字之禍. 荷校於市. 又居獄者二年。獨編 Review, 平論時政。至一七一九年. Robinson 初卷出. Defoe 年已六十矣。十五年前. 有舟人 Alexander Selkirk. 爲同僚所棄. 獨居 Juan Fernandez 島四年. 後得返國. 報紙爭傳其事, Defoe 曾親往詢之. 及後遂成此書。想象之力. 記敘之才. 皆獨絕. 舉世稱賞。是後復作小說七種. 多記冒險事. 寫實小說之風, 於是始立。Journal of the Plague Year, 記一七二二年大疫情狀. 後世史家, 至誤爲事實而引據之。Memoirs of a Cavalier 則爲最初之歷史小說. 實開 Scott 之先路者也。

Jonathan Swift (1667—1746) 作 Gulliver's Travels, 與 Robinson 齊譽。其初亦致力政爭. 嘗任主教. 及落職窮居. 乃發憤作游記四卷. 以刺世人. 侏儒巨人. 浮島馬國. 皆非人境,事亦荒唐無稽,而記載如實,乃與 Robinson 同。大意仿希臘 Lukianos 之信史 (Alethês Historia), 而設想奇肆, 寄意深刻蓋過之。Lukianos 所刺,猶有程限. Swift 則意在詛祝其所"深惡痛絕之禽獸,"卽人類是也。馬國之人 (Houyhnhnm),馬形而人性,具至德。Gulliver 自視,則身入 Yahoo 之羣, 圓顱方趾, 而穢惡凶厲. 不可向邇。平生憤世疾俗之意,於此悉傾寫之。論者謂書葉間有火燄絲絲散射. 善能形容其氣象者也。Swift 天性剛烈, 有大志而不得申. 因孤憤厭世,終以狂易卒。

Defoe 與 Swift 小說. 多言涉險. 故事跡雖非神怪,亦殊異於尋常。至以家常瑣事爲小說者, 乃始於 Samual Richardson, (1689－1761)。又言感情而非敘事實,故變自述體爲尺牘。一七四一年作 Pamela, 又名 Virtue Rewarded, 篇首署言爲培養宗教道德而作。繼以 Clarissa Harlowe, 寫女子心情, 皆至微妙。Harry Fielding (1707－54) 戲仿其意, 爲 Joseph Andrews, 假言卽 Pamela 之兄, 以相嘲弄。顧初意雖爲 Parody, 漸乃自忘. 成獨立之作。一七四九年 Tom Jones 出, 結構精美, 稱英國小說之模式。Fielding 書皆記敍,不用尺牘,又不以教訓爲主,與 Richardson 異。專紀社會滑稽情狀,Byron 稱其善言人情,名之爲 Prose Homer。次有 Tobias Smollett (1721－71),初仿 Picaresco 作 Roderick Random,傑作曰 Humphrey Clinker,則成於晚年。Smollett 業醫,附海舶漫游各地,多所閱歷,其爲小說,旨在披示世情,使人哀其愚而疾其惡。是三子者,同爲當世小說名家,而影響於世者,微有差別。Richardson 以描寫性格見長,Fielding 則善圖世相,後世小說,由此分爲兩支。Smollett 乃兩無所屬,蓋乘新興之流,合寫實小說與冒險故事,別成一體者也。

Laurence Sterne (1713－68) 作 Tristram Shandy,與 Johnson 之 Rasselas 同年行世。是書及 Sentimental Journey,皆爲 Sterne 獨絕之作。唯體制略近 Addison,幾與小說殊途。Samual Johnson (1709－84) 繼 Pope 爲文人領袖,編刊 Rambler。其作 Rasselas,七日而成,但以寄意,初無結構,雖無與於小說之發達,然足見當時小說流行之盛況矣。Johnson 爲文,厚重雅正,足爲一世模範。且性情高潔,謝絕王公餉遺,一改前此依附之習,立文士之氣節,此其功又在文字之外者也。

Oliver Goldsmith (1728－74) 者，Johnson 之友，其行事至乖僻，而文才雋妙。所作小說 Vicar of Wakefield，結構頗散漫，設想布局，或有闕繆，然文情優美，時彰其儔，古今傳誦，非無故也。又仿波斯尺牘作 Citizen of the World，設爲二支那人 Lien Chi Altangi 與 Fum Hoam 之言，評議英國風俗，凡百十餘篇。旅人 Traveller 及荒村 (Deserted Village) 二詩，亦傑作，形式雖舊，而新精神伏焉。蓋都會文學，漸變而言鄉村生活，人事之詩，亦轉而咏天物之美矣。

自來詩人歌咏，不外自然與人生二事。前代文學，大抵以人爲中樞，自然祗用於點綴，未嘗專爲題旨。一七二六年 James Thomson (1700－48) 作 Seasons 四卷，分咏四時之美，最爲首出。二十年後有 William Collins 與 Thomas Gray 等，咏歎自然，而寓以人生，Goldsmith 之詩亦屬之。且平等思想，漸益發達，對於人類，具有同情。齊民生活，遂漸代都市之繁華，爲文章主旨。又於古代異域之文化，亦多興趣。一七六五年，Thomas Percy 編刊古詩殘珍 (Reliques of Ancient Poetry)，民謠始見著錄。六十二年 Macpherson 譯

Ossian 之歌,雖眞僞難辨,而傳播 Celtic 趣味,使人發懷古之情.爲力至大。凡是諸流,終合於一,演成新派,以 Cowper, Crabbe 與 Burns 爲之先驅。若 Blake 則以畫家詩人而爲密宗 (Mystic),遺世獨立.自成一家.亦十八世紀之畸士,古今所未有也,

William Cowper (1731－1800) 早年著作.猶守 Pope 矩矱,後乃變更,廢對句(Couplet) 爲無韻詩.又改譯 Homeros 史詩。所作 Task 一詩.始於一七八五年,凡六卷。言鄉居景物,凡節序變化.山林物色.田園生活.以至獸類之嬉戲,無不入詠.似 Virgilius 之田功詩。而於微賤之人生.尤有同情,與Crabbe相同。George Crabbe(1754－1832)於一七八三年作 The Village, 寫民間罪惡疾苦.力反前此 Pastorale 之理想主義,歸於實寫。自言吾畫茅檐中事,一如眞實.非若歌人所吟。Byron 稱之爲自然最酷最眞之畫家,世以爲知言。Robert Burns (1759－96) 本蘇格蘭農家子,用方言作詩。一七八六年第一卷出,其歌詠貧賤生活.與 Crabbe 同,而愛憐物類,則似 Cowper。有詠田鼠(To a Field Mouse)一章,藹然仁者之言,與 Cowper 之愛及昆蟲.謂亦自有其生存之權

利者蓋相若。唯 Burns 於此二者之外,乃更有進。其詩多言情愛,直抒胸臆,不加修飾,爲近世所未有。又以愛其故國,於古代光榮,民間傳說,皆得感興。是皆傳奇派之特色,而於 Burns 先見朕兆者也。

William Blake (1757－1827) 工詩善畫,時得靈感,覩種種幻景,其預言書 (Prophetic Books),則合是三者而一之。一七八九年作 Songs of Innocence,以眞純之詩,抒寫童心,稱絕作焉。愛兒童,憐生物,述常事,皆爲新思想代表。復憎政教之壓制,理智習俗之拘囿,亟求解脫,故致力於伊里查白時文學。其呈詩神 (To the Muses) 一詩,乃歎情思之衰微,冀復返於古昔自由之時代。故其詩上承文藝復興,下啓傳奇主義。十九世紀初,Wordsworth 等出,力抑古典派文學,去人爲而即天然。Blake 詩云。

Great things are done when man and mountains meet;

This is not done by jostling in the street.

即示此意。Marriage of Heaven and Hell,爲預言書中最要之作。魔之聲 (Voice of the Devil) 一節云,人舍精神外,別無身體。蓋身體者,即精神之一部,可以官能感覺者也。力即生命，自身體出，而理乃卽力之外界。義甚精密，爲古來言靈肉一致者之最。故其思想甚爲近代推重也。

第五章　十八世紀德國之文學

二十　十八世紀德國文學，發達至速，且稱極盛，可與英法比美。前世紀中，前後 Silesia 派，模擬意法，益流於濫，千百三十年頃 Johann Christoph Gottsched (1700－1766) 起而振之，著批判詩法 (Kritische Dichtkunst)，乃純依 Boileau 之說，其提倡戲劇，亦以法國著作爲宗。唯英國文學思想，亦漸流布，當時文人如 Johann Jakob Bodmer 等，均蒙影響，相率而起，力斥理智主義，以情思爲文學根本，勢力日盛。Friederich Gottlieb Klopstock (1724－1863) 作救主 (Der Messias)，雖在今視之，已爲陳言，然脫離舊典，依個人情思，發爲文學，實自此始。普魯士時以 Frederick 之功烈，勃然興起，日耳曼民族亦自覺，發獨立自尊之念，於條頓文化特致愛重。故思潮之來源，多在英國，與法漸遠。Christoph Martin Wieland (1733－1813) 則自幼受 Platon 哲學之化，中年著作，多歸依希臘，或取諸東方，以寄其尙美之教。所作小說 Agathon，及 Musarion 一詩皆是。Musarion 曰，唯美可爲愛之對象。偉大藝術,唯在能分析之,使與物離耳。卽Wieland 之主旨也。七十年後,有 Johann H. Voss 與 Christian H. Boie等,結林社 (Der Hainbund) 共論文藝,以 Wieland 崇尙外國思想,頗反對之。此派之詩,以 Klopstock 爲宗,多愛鄉懷古之思。Voss 作田園詩,力主單純,寫鄉村生活。Gottfried August Bürger 則爲民謠大家,其 Lenore 一篇,影響深廣,蓋不亞於Goethe 之 Werther 也。Ossian 與Percy Ballads, 傳譯入德國,衆始知天籟之美,非人工所能及。其言質實,其情摯誠,多涉超自然之事物,富於神秘思想。皆足感發人心,與 Klopstock 派之個性主義相合,造成新流。是可謂之 Sturm und Drang 之一支,而見於詩歌者也。

Sturm und Drang 之運動,始於 Herder, 而先之以Winckelmann 與Lessing。二人所事雖不同,皆以希臘爲藝術模範則無異。Johann Joachim Winckelmann (1717-68) 著古代美術史,盛稱希臘彫像之美。Laokoon 父子,爲巨蛇所纏,而彫像殊鎭靖,乃不類 Virgilius 所言。Winckelmann 謂其表示 Noble Simplicity 與 Quiet Grandeur 之精神,爲希臘彫刻所同具。Gotthold Ephraim Lessing (1729-1781) 作

Laokoon 一文辯之，以爲繪畫彫刻，但表物體，詩表行事，不能相通。唯Lessing 於藝事初未深造，故所論不能甚密。生平事業，專在戲劇。其說見 Hamburg Dramaturgie 中，推重希臘古劇，以Sophokles 爲典型。英國文藝復興時戲曲，去古未遠，亦可師法，不當以模擬法國十七世紀著作爲事。按其主張，蓋純粹之古典主義也。所作劇 Miss Sara Sampson 仿英國 Lillo作，寫日常人生之事，自稱 Bürgerische Trauerspiel。次爲 Emilia Galloti，爲完美之家庭悲劇。傑作則爲 Nathan der Weise，取材於 Decamerone，以三指環立喻，說信仰自由。意謂諸宗之教，各具至理，別無短長。唯比量善果，乃有次第可見，而其時又須在千萬年後。其宏博之見，與當世哲人鄙棄宗教，因以放任爲信仰自由者，迥不同矣。

Johann Gottfried Herder (1744－1803)蓋批評家而非文人，故別無創作。幼讀Rousseau 書，又受博言學者 Hamann 教，以爲研究人類歷史，當自元始狀態始。故其論詩，亦以古代或原人之作爲主。其說曰，詩者人類之母語。古者治圃之起，先於田功，繪畫先於文字，故謳謠亦先於敍述。各國最古之作者，皆歌人也。且其詩歌，各具特色，不可模擬。蓋緣言爲心聲，時代境地，旣不相同，思想感情，自各殊異。古歌雖美，非今人所能作，但當挹其精英，自抒情思，作今代之詩，斯爲善耳。Ossian 詩出，Herder 著論稱賞，謂可比 Homero s。且曰，凡民族愈質野，則其歌亦愈自由，多生氣，出於自然。Homeros 與 Ossian 皆卽興成就，故爲佳妙。歌人作而詩轉衰，及人工起而天趣遂滅矣。Herder 本此意，爲詩選六卷，曰民聲 (Stimmen der Völker in Liedern)，分極北希羅拉丁族北歐日耳曼諸篇，以示詩歌標準。所尊重者爲自然之聲，感情銳敏，強烈而眞摯者也。千七百七十年，Herder 就醫 Strassburg，乃遇 Goethe。其後新潮鬱起，Goethe 爲之主，而動機卽在此與 Herder 相識時也。

Sturm und Drang 者，本 Maximilian Klinger 所造，以名其曲，人因取以號當時之思潮。其精神在反抗習俗，以自由天才精力自然四者相號召。重天才，故廢棄法則。崇自然，故反對一切人爲之文化。於社會制度，多所攻難，或別據感情判斷，以定從違。以情感本能，爲人性最高之元素。凡剛烈之士，與社會爭，或絓世網者，爲人生悲劇之英雄，皆所樂道。至於文體，則忌馴而尙健，盡所欲言，不受拘束。或以一言概之，謂卽以本然（Urnatur）抗不自然（Unnatur）是也。Johann Wolfgang Goethe（1749－1832）少學律，初仿Klopstock爲詩，及與Herder相見，又受Rousseau之化，思想遂一變。復識Friedericke Brion，多作抒情之歌，意簡而情眞。終復訣去，心懷楚悲，於後此思想，影響至大。七十三年作歷史劇Goetz von Berlichingen，述十六世紀勇士Gottfried mit der eisernen Hand事，爲當時代表著作。次年Die Leiden der jungen Werthers出，聲名遂遍歐洲，與Pamela及Nouvelle Heloise同稱言情小說之祖。唯寫青年之哀愁，足以見時代精神者，則Goethe所獨具也。已而復愛Lili Schönemann，然又重其自由，遂去故鄉，客Weimar侯之廷，一時著作中絕。居十年，忽去而之意大利，漫游二載，思想漸變爲純粹之古典主義。所作曲皆以希臘爲式。無復往時不馴之氣，Sturm運動亦漸衰。Friedrich Schiller（1759－1805）早歲受思潮影響，作盜（Die Rauber）詐與愛（Kabale und Liebe）諸劇，多反抗之音。後見希臘文藝而大悅，又從康德治美學，以美感爲人生向上之機。遇Goethe於Weimar，遂相友善，稱古典文學雙璧焉。Schiller 所作皆戲劇,以 Wilhelm Tell 及 Die jungfrau von Orleans爲尤最。Goethe著小說 Wilhelm Meisters Lehrjahre 前後二卷,初言劇場內情,終乃推及十八世紀社會。Wilhelm 游行貴族平民間,從經歷中得處世之術,所謂如掃羅然,尋驢而得國也。又仿古代田園詩作 Hermann und Dorothea,止寫類型,不重個性,爲古典派名著。Faust 二卷,則成於十九世紀初,爲 Goethe 畢生大著,詩才哲理,皆可於此見之。

Goethe作 Werther,蓋受 Heloise 影響,二者並用尺牘體,言愛戀讚自然亦相似,又俱與著者身世相關。唯 Rousseau 雖緣 Mme d'Houdetot 之愛,轉以寫 Julie,而全書主旨,乃在述理想家庭,播布己見。Goethe則初無寄託,僅直抒所懷愁緒,殆類自序,故深切頗過之。Goethe既別 Friederike,復悅Charlotte Buff,而女已字人,因設 Werther 自況,愛Lotte不見答,作書遺友朋,以寄其哀怨。唯Goethe終復亡去,得自救免,而 Werther 乃斷望自殺。是時有少年 Jerusalem 死事與此正同,Goethe 蓋於 Werther 自述心曲,而假 Jerusalem 爲結束也。凡青年期之悲哀,人所同歷,Werther 實爲之代表，故其書雖故，而與人性常新。十八世紀末，思潮轉變，集爲新流，Goethe 此書亦首出。其時人心動搖，鬱抑倦怠，不滿於現世，彷徨而不得安。Tacitus 所謂人生之倦(Tedium Vitae)，十二世紀之沮喪(Athymia)，十八世紀之時代病(Mal de Siècle)皆是也。Werther 之悲哀，亦卽此時代精神之一面，而 Faust 之不滿，則又其一也。

Faust 第一卷成於千八百八年，又二十四年，次卷始出。Doktor Faust 者，德國中世傳說之英雄，以求無上智慧故，鬻其魂於妖鬼 Mephistopheles，其說流布民間，或演之爲傀儡劇。Goethe 少時日記云，Faust 劇時繫吾心，吾亦嘗求種種智，而知其虛空。又閱歷人事，益復不滿。蓋蓄意作此已久，初稿一卷，今通稱 Urfaust 以別之。其書言 Faust 百不滿意，因棄正道，別求神通於天魔。又愛 Gretchen，而終誘之以入於滅亡，蓋純爲 Werther 時代之英雄。全書以 Gretchen 悲劇爲主體，當時新派詩人 Heinrich Leopold Wagner 作殺子之婦 (Die Kindesmörderin)，亦取此意，爲家庭悲劇。唯其稿初未印行，越三十年，始刊第一卷。雖以舊作爲本，而大有增改，精神絕異。前此之Faust，爲激烈少年，後之

Faust，則深思力行之哲人。其與鬼約，非僅以求媮樂，得神智，且實與之角。苟能使自厭足，止其上遂之志者，以魂魄歸之，猶約百之往事而反之者也。卷中亦言 Gretchen 事，唯先之以丹室之場，飲丹藥以駐顏，爲初稿所無。又與 Mephistopheles 誓約之言，亦 Goethe 中年作，其意至第二卷始顯。Faust 以魔力事國君，化紙爲泉貨，召 Helenê 之影於泉下，以娛君心，大得寵任。其後分封海隅，乃盡力民事，精進不懈。比及百歲，遂付魂魄於天魔。雖終未滿志。亦不悔其虛生。臨絕時云，人唯日日爲生命自由而鬥者，乃克享其生命與自由。天使歌云，凡奮鬥不息者，吾儕能救之。故魄歸天魔，而魂終不可得，此 Faust 一篇之樂天人生觀也。Goethe 早年著作，以個性主義爲根柢，漸乃轉變，染十八世紀利他主義之思想，至晚年益深。以爲人生目的，應求個性之發展，唯當以利羣爲依歸，奮鬥向上，各盡其力而止。如 Faust，智識幸福，以至眞美，皆不能厭足其心，唯置身世間，自爲衆人中之一人，勉力進行，乃能於不滿足中，得人生究竟。此詩解釋紛紜，迄今未能悉詳，言其大意，或當如是而已。

第六章　十八世紀北歐之文學

二一　北歐文學自 Edda 發見後，閱時五百餘年，傳說(Saga)以外，無名世之作。至 Ludvig Holberg (1684－1754) 出，立丹麥近代文學之始基，所作喜劇，今猶傳誦之。Holberg 本諾威人，時諾威與丹麥合國，又別無文字，文人皆用丹麥語著作，故後世亦稱之爲丹麥詩人也。Johannes Evald (1743－1780) 取材古代神話，作爲詩歌，爲傳奇派之先驅。又作 Rolfkrage，稱丹麥最先之悲劇。Jens Caggesen (1764－1826) 著作甚富，有聲於時。唯別無覃思宏義，不能代表時代之精神，故 Oehlenschlaeger 興起，其勢力亦就衰矣。

瑞典文學之興，在宗教改革以後。Georg Stjernhjelm (1598－1672) 多作詩曲，自具特色，爲十七世紀最大詩人。唯當時文學趨勢，漸傾向法國，Boileau 之勢大張。Gustavus 三世，提倡甚力，文人輩出，盛極一時，如 Kellgren 及 Oxenstjerna 皆是也。Johan Gabriel Oxenstjerna (1750－1818) 爲詩雖守舊型，思想已漸趨於變。描寫山林物色與民間生活,有Cowper流風。德國傳奇思想,亦漸流入。Karl Mikael Bellman (1740－1795) 作詩感懷古昔,多愛國之音,甚爲國人所好。啓明星派與峨斯會遂相繼而起,而傳奇派文學,亦造端於此矣。

二二　俄國在十八世紀前, 舍民謠 (Bylini) 外,幾無所謂文學。其初爲蒙古所侵,繼復苦於苛政,故民氣消索,無歡愉之音。又其宗教最足爲文化阻梗,蓋俄國奉希臘宗,自稱正教,與歐洲諸邦不相係屬。政教當局,熱中衞道,欲以墨斯科爲聖教中樞, 自命爲第二東羅馬。拒西歐旁門教化,唯恐不嚴。收束民心,俾定於一,以舊本聖書爲人天根本指要。有研究學問者,即是我慢。詩歌多含異教思想,爲罪惡種子,故雖民間謳歌,亦在禁列。其嚴厲之教,殆較歐洲中世,爲尤甚焉。及文藝復興, 各國悉受感化, 並自振起, 俄國則略無影響。閒有一二先覺,亦悉被教會誅夷。直至十八世紀,彼得一世改革國政,西歐文化,始漸漸流入。又以古文不適於用,改作字母, 除教儀外悉用之。由是文學稍興,至十九世紀乃極盛也。

十八世紀上半有 Lomonosov, 由政府派遣學於德國, 乃仿 Gottsched 派爲詩。Sumarokov 則多作戲曲，稱俄國之 Racine。加德林二世，初受法國思想感化，提倡文藝學術。自作喜劇數種，并編月刋以論文學。一時詩人輩出，Derzhavin (1743－1816) 用淺近語，寫優美之情景，爲後世所重。Fonvizin (1745－1792) 以日常生活作喜劇，俄國戲曲，至是乃始完成。且多寫實之風，亦實開Puschkin 之先路者也。Karamzin (1766－1826) 爲俄國第一史家。嘗仿哲人尺牘，作書一卷，述歐洲自由思想。又作小說，雖頗染當時感情主義 (Sentimentalism)，而感化之力至大。其一曰 Liza，言農女愛一貴家子，終爲所棄，赴池而死。一時人心大震，至有墨斯科馳赴其地，求所言池，憑弔Liza 者。俄國農奴制度，久致識者不滿，Radischtchev仿Sterne 作墨斯科紀行，力暴其惡，至以是得禍。Karamzin 所著書，於此亦多寓微旨。至十九世紀中，Turgenjev 之獵人隨筆出，而國人之同情，益以感發，奴制乃終廢也。

第七章　結論

二三　以上所說爲十七十八世紀歐洲文學大綱，與文藝復興期合稱古典主義之文學。雖歷年五百，分國五六，然有共通之現象，一以貫之，卽以古典爲依歸是也。至其精神，則似同而實異。當中古時，教會厲行出世之教，欲人民棄現世而從之，求得天國之福。然人性二元，不能偏重，窮則終歸於變。武士文學，一轉而爲Trobador之抒情詩。浪游之歌，起於教士，而異教思想，自然流露。及東羅馬亡，古學流入西歐，感撄人心，起大變動，遂見文藝復興之盛。蓋希臘之現世思想，與當時人心，甚相契合，故爭赴之，若水就下。藝文著作，雖非模擬唯肖，而尙美主情之精神略同。迨至末流，情思衰歇，十七世紀時，遂有理智主義者起以救其敝。雖亦取法古代文學，而所重在形式，此十七八世紀之趨勢，與文藝復興期之所以異。本源出於一，而流別乃實相抗矣。蓋希臘文化，以中和(Sophrosyne)稱。尙美而不違道德，主情而不失理智，重思索而不害實行。古典主義卽從此出，而復有異者,各見其一端故也。

文復藝興期,以古典文學爲師法,而重在情思,故又可稱之曰第一傳奇主義(Romanticism)時代。十七十八世紀,偏主理性,則爲第一古典主義(Classicism)時代。及反動起,十九世紀初,乃有傳奇主義之復興。不數十年,情思亦復衰歇,繼起者曰寫實主義(Realism)。重在客觀,以科學之法治藝文,尙理性而黜情思,是亦可謂之古典主義之復興也。惟是二者,互相推移,以成就十九世紀之文學。及於近世,乃協合而爲一,即新傳奇主義是也。

歐洲文學史刊誤表

葉數	行數	誤	正
		第一卷	
15	2	Aisopon	Aisopu
19	7	典要	典要
20	4	Epigramnia	Epigramma
21	6	Dakkhylides	Bakkhylides
22	10	民族	民族
25	9	甚勇	其勇
30	14	種述	稱述
38	6	Kyrok	Kyros
47	9	Phaido	Phaidon 下同
”	16	Llakhes	Lakhes
51	10	Biyn	Bion
55	2	Ieonidas	Leonidas
60	5	Mitesiaka	Milesiaka
66	1	主意	注意
		第二卷	
1	14	Granitas	Gravitas
13	2	Menander	Menandros 下同
23	16	無世	爲世
31	5	使史	作史
32	5, 6, 7	Aeneas	Aeneis
40	4	愛樂	愛藥
46	15	Etescles	Eteocles
58	5	Fronts	Fronto
60	1	鱸	驢
		第三卷	
5	10	纂辭	篡亂
10	1	Tonlouse	Toulouse
”	8	Ycumenin	Ycumen in
16	2	Alegoria	Allegoria
19	8	Gutenbery	Gutenburg
20	17	Mavia	Maria
23	8	Garsantuines	Gargantuines
”	9	Panatgruel	Pantagruel
26	12	Sonss	Songs
”	16	Hameros	Homeros
28	15	Motaigne	Montaigne
33	6	幽雅	優雅
39	6	Molier	Molière
46	5	推	推及
48	13	Philosopher	Philosophe
76	8	Caggesen	Baggesen
78	10	至有墨斯科	至有自墨斯科

敬 啟

“民國專題史”叢書，乃民國時期出版的著名學者、專家在某一專題領域的學術成果。所收圖書絶大部分著作權已進入公有領域，但仍有極少圖書著作權還在保護期内，需按相關要求支付著作權人或繼承人報酬。因未能全部聯系到相關著作權人，請見到此説明者及時與河南人民出版社聯系。

聯系人 楊光

聯系電話 0371-65788063